木戸の非情仕置

大江戸番太郎事件帳 十四

特選時代小説

喜安幸夫

廣済堂文庫

目次

四ッ谷絵図
永井肥前守
永井若狭守
森川出羽守
陽光寺
北町
永信寺
毘沙門天
岡部土佐守
正覚寺
長安寺
お岩稲荷
安部摂津守
右馬横丁
妙行寺
日宗寺
南伊賀町
円通寺
忍原横丁
四ッ谷左門町
四ッ谷左門町木戸
長善寺（笹寺）
塩町三丁目
塩町二丁目
四ッ谷忍町
四ッ谷伝馬町三丁目
塩町二丁目
塩町三丁目
水番屋
大木戸
玉川上水
甲州街道
内藤駿河守
内藤新宿
田安中納言
理性寺
麦ヤ横丁
真福寺
永昌寺
尼寺
知光院
安全寺
正應寺
法雲寺
渾雲寺
龍昌寺
全勝寺
全徳寺
松平摂津守
西迎寺
養国寺
全長寺
自證院門前町
自證院（コブ寺）
善慶寺
道林寺
門前町
修行寺
合羽坂
板倉周防守
安養寺
米倉丹後守
市ヶ谷片町
東京湾
品川
山手線
渋谷
東京
四ッ谷
新宿
中央線
上野
池袋
N

御駕籠町
龍谷寺
円応寺
表町
北町
谷町
宗福寺
南寺町
松平佐渡守
仲町
鮫ヶ橋
戒行寺
西念寺
鮫ヶ橋谷町
真成院
安楽寺
愛染院
南
東
西
北
伊賀町
伊賀町
四ッ谷御門
四ッ谷伝馬町一丁目
四ッ谷伝馬町新一丁目
伊賀町
麹町十二丁目
大横丁
麹町十三丁目
麹町十一丁目
竹町
麹町十一丁目
御箪笥町
麹町十三丁目
四ッ谷伝馬町二丁目
四ッ谷伝馬町二丁目
四ッ谷塩町一丁目
四ッ谷塩町一丁目
御箪笥町
福寿院
伊賀町
御堀
伊賀町
十三丁目横丁
了覚寺
四ッ谷坂町
四ッ谷坂町
市ヶ谷本村町
法光寺
市ヶ谷本村町
市ヶ谷本村町
尾張徳川家上屋敷
市ヶ谷八幡町
市ヶ谷八幡宮
木戸
自身番
一丁＝約109メートル
一丁
五丁

この作品は廣済堂文庫のために書下ろされました。

迷子札を握った子供

一

風が吹いている。夜明けに近いころだったろうか、

（んん？　木戸にどこかの桶《おけ》でも転がってきたか）

杢之助《もくのすけ》は四ツ谷左門町の木戸番小屋の中でふと目を開けたが、その物音をさほど気にとめることもなく、

「うーん、冷える」

呟《つぶや》き、搔巻《かいまき》を首まで引き上げまた眠りに入った。天保四年（一八三三）の睦月《むつき》（一月）が過ぎ、すでに如月《きさらぎ》（二月）に入ったというのに、風のせいか冷え込みを感じる。きのうは穏やかだったのに、風が出てきたのは夜半からのようだ。

櫺子窓や腰高障子の音が杢之助の耳から遠ざかったのはほんのわずかで、眠りも浅かった。ふたたび目が覚めたのは、

「お、もう朝だったのか」

と、腰高障子が外の明るみを受け、薄暗い九尺二間の木戸番小屋の部屋に浮かび上がって見える時分だった。木戸を開ける日の出の明け六ツは近い。また一眠りするわけにはいかない。

「よしっ、きょうも一日」

かけ声とともに杢之助は跳ね起きた。どの町も木戸番人が木戸を開けるとともに、町内へ入ってきた納豆売りや豆腐屋の声を背景に朝の喧騒が始まる。木戸番小屋横の長屋の路地からも間断ない釣瓶《つるべ》の音に、

「おう、この風だ。七厘《しちりん》の火の粉、気をつけろ」

「うへっ、煙い。ゴホン」

住人らの声が重なる。

それらの一段落ついたころである。朝日に土ぼこりが舞うなか、街道にはすでに朝の早い旅装束の者に混じって大八車や荷馬も出ている。

長屋の住人たちが仕事に出かけるにはまだ間がある。だが聞こえた。下駄の音であ

る。長屋のほうからではなく、街道から左門町の通りに入ってきたようだ。

「杢之助さん！」

　腰高障子が引き開けられた。おもての街道筋に暖簾を張る居酒屋の志乃《しの》だった。その居酒屋は木戸から街道に出て東へ一軒目であり、裏手が木戸番小屋と背中合わせになっている。

「ほう、志乃さん。こんな早朝に、珍しいじゃないか」

　杢之助は言いながら狭い三和土《たたき》に腰を上げた。長屋から火種をもらってきて七厘に炭を入れたところだった。

「それよりも、杢之助さん！」

　声には緊張したものが感じられるが、動作は落ち着き、ゆっくりとうしろ手で腰高障子を閉めた。表情とは違い慌てている所作を見せないのは、さすがに杢之助が信を置く清次《せいじ》の女房と言えた。

「どうした。何かあったかね」

　杢之助は真剣な表情になり、志乃の顔を見つめた。いくぶん浅黒く、四十がらみで恰幅《かっぷく》のいい女だ。腰高障子を閉めたということは、大っぴらにできない話を持ってきたことを意味している。木戸番小屋で商っている荒物を買いに来た町内のおかみさん連中なら、障子戸などはそのままで、話をするにも大声であたりを気にしない。

「迷子、いや、捨子か……なんですよ」

「えっ」

押し殺した志乃の言葉に、杢之助も低く驚きの声を出した。朝時分、すり切れ畳にまだ荒物はならべていないし、買いに来る者もいない。志乃は話しだした。

きょうのこの風で、縁台を出そうかどうかと雨戸を開け、顔をおもてに出したときである。そこは甲州街道で、左門町から東方向へ十七、八丁（およそ二粁《キロ》）も進めば江戸城外濠《そとぼり》の四ツ谷御門であり、西方向に五、六丁（およそ六百米《メートル》）の所には、江戸府内と甲州街道最初の宿駅になる内藤新宿とを分ける四ツ谷大木戸がある。早朝に江戸府内から甲州街道を旅に出る者の見送り人はおよそ四ツ谷大木戸の手前までというのが一般で、街道に面した左門町の居酒屋ではそうした人たちへの便宜のため、早朝から往還に縁台を置いて一杯三文の茶を出している。雨の日はもちろんだが、風の強い日も土ぼこりのなかで茶を喫《の》もうなどという客はない。

「出すのはよそうと思い首をひっこめようとすると、なにやら脇でゴソゴソとみょうな音がするので往還《おうかん》に出てみたのですよ。すると……」

東隣で古着商《あきな》いの栄屋《さかえや》との狭いすき間に、最初は野良犬でも入り込んだのかとりしていると思ったらしい。

「それが小さな男の子で、寒そうにうずくまっているんですよ。あたしゃもうびっくりして」

志乃がこのとき、迷子……捨子……と言いよどんだのには理由《わけ》がある。

親の付き添いがない子があれば、三歳までなら捨子、四歳からは迷子として扱われる。五、六歳の子でも、足などに汚れがなく徘徊《はいかい》し外から来たようすがない場合は捨子と見なされる。迷子にしろ捨子にしろ、見つけた町や村が保護し、疵《きず》や病気があれば手当てし、自身番か村方三役に届けると同時に届けを受けた者はただちに奉行所へ報告しなければならない。しかも見つけた町や村はその子を養育しながら親を找《さが》し、見つからなければ貰い手を找し、いかほどかの金子《きんす》を添えて引き取ってもらうのが慣例になっている。その間の養育と諸々の費用は、すべて迷子や捨子を見つけた町や村全体の持ち出しとなる。結局迷子でも捨子でも、町や村の手間ひまと出費に変わりはない。しかし、志乃は言いよどんだ。

それが捨子と見なされれば、奉行所が乗り出すことになる。なかには労と費消を嫌い、迷子を密かに捨て、順送りに捨子にされる場合もある。その場合、町役《ちょうやく》や村方三役はこぞって処罰の対象となる。それなどはまだマシなほうだ。親切そうに迷子を引き取ると申し出、金子だけふところにして子を捨てる奴輩《やから》もいる。さらに、金子を片手にその子を殺害する非道の例もある。両国あたりで七、八年も前に発生した事件だが犯人は奉行所に挙げられ、磔《はりつけ》のうえ獄門（さらし首）となり、複数のかわら版が、——聞きしに勝《まさ》る鬼畜《きちく》の所業、幼子の首を締めたる時の形相やかくの如《ごと》し

と般若《はんにゃ》のような顔を刷り込み、江戸市民の怒りを昂《たか》ぶらせたことがある。

声を低める志乃の顔は蒼ざめている。李之助はすかさず訊《き》いた。

「歳《とし》は！」

「三、四歳でしょうか」

微妙なところである。

「迷子か！　捨子か！　どっちに見える」

「……そう、迷子、迷子です。相当歩いたのか駈《か》けたのか、全身泥まみれで足にも手にもすり疵をつくり……」

「ふむ、そうか。で、いまどのように」

「体を洗い、うちの人が奥で疵の手当てを」

「なるほど、清次が……」

李之助は呻《うめ》くように言った。木戸番とはどこの町でも、身寄りのない町内の年寄り

を町の入り口になる木戸番小屋に住まわせ、幾許《いくばく》かの給金を与えて木戸の開け閉めと火の用心の見回りをさせている、いわば町の小間使いである。費用はすべて地主や家主などの町役、それに町内で暖簾を張っている店舗《みせ》のあるじなどが奉行所の掌握下に賄《まかな》っている。その木戸番人が、居酒屋とはいえ左門町の街道おもてに暖簾を張る店舗のあるじを〝清次が〟などと呼び捨てにしている。異なことには違いないが、杢之助と清次のあいだではそれが自然である。その理由を知るのはこの世に清次の女房である志乃しかいない。

「分かった。一段落ついたら、清次どんにここへ顔を出してくれるよう言っておいてくんねえ。ともかく、迷子で押そう」

「はい、そのように。きょうはこの風がかえってさいわいです。店は暇《ひま》になりそうですから」

志乃は外に出ると、

「それじゃ、のちほど」

風をさえぎるように素早く障子戸を閉めた。

「うーん」

一瞬、外からの風に吹かれ杢之助は唸《うな》った。

（夜明け前、木戸のほうに物音がしたが、あれがそうだったのか）

胸中に呟《つぶや》き、すり切れ畳の上に桶や柄杓《ひしゃく》、束子《たわし》などの荒物をならべはじめた。町から貰う給金だけでは食べていけないので、どこの木戸番小屋でも荒物か駄菓子を商《あきな》っている。町の住人も、木戸番小屋で間に合う物はできるだけそこで済ませるようにしている。

杢之助は桶や柄杓をならべながら、胸中ではなおも唸っていた。どうしてもこれから先に思いが行ってしまう。だが、どう展開するか、

（見当もつかない）

ただ、

（どんな子か、木戸番の儂《わし》の身に降りかかる火の粉にならねばよいが）

思えてくる。

「おじちゃーん」

いつもの太一の声である。手習い道具をひらひらさせながら長屋から飛び出してきて、木戸を出ると甲州街道を走って横切り、向かいの麦ヤ横丁の手習い処へ一気に駈けていく。毎日の光景で、

「おうっ」

杢之助は木戸番小屋の中から返している。時刻は手習いの始まる朝五ツ（およそ午前八時）少し前である。今年の正月で十歳になり、きょうの声も風になどに負けていない。すぐあとを軽快な下駄の音が響く。母親のおミネだ。三十路《みそじ》をいくらか超しているが、色白で細身なのが歳より若く見せている。

「ほらほら、馬にも荷車にも気をつけて！」

木戸のところで立ちどまり、声を投げるのもいつもの光景だ。このあとすぐ居酒屋に入り、志乃と縁台への茶汲みの仕事を交替する。きょうはその縁台を出していないので暇になりそうだが、迷子のことでかえって忙しくなるかもしれない。

普段ならそれよりも先に聞こえるのは、

「おう、杢さん。行ってくらあ」

「きょうは近場だい」

と、鋳掛屋《いかけや》の松次郎と羅宇屋《らうや》の竹五郎の声だが、まだそれを聞いていない。二人とも木戸番小屋横の長屋に塒《ねぐら》を置いている、三十やもめの棒手振《ぼてふり》職人である。

鋳掛屋は路上で派手に火を使う仕事だから、風の強く吹く日は危ない。羅宇屋の竹五郎も、よそさまの縁側や軒下を借りての商いだから風の日も雨同様、仕事にならない。二人ともきょうは、

（仕事は控えるつもりか）

思いながら杢之助は七厘の火を二つにした。こうした日、長屋なども火を起こすのは危険で、昼めしや夕めしなど、ちょいと焼き芋を買ってきて済ませる住人がけっこういる。木戸番小屋で、冬場は焼き芋も商っているのだ。火を扱う商売は、どこの町でも町役たちがうるさいのだが、木戸番小屋は人が絶えずいるということで特別に認められているのだ。

もう一つの七厘に炭火を入れ、すり切れ畳へ上がろうとしたとき、

――聞こえた

長屋とは逆の木戸から来るあの足音は、清次である。

「木戸番さん、いなさるかね」

声とともに障子戸が開き、すぐ閉められた。土ぼこりが入り込むのを避けたからではない。ほこりは櫺子窓や腰高障子のすき間からも入ってくる。清次にとっても杢之助にしても、二人で話すときには戸を閉め、それが習い性になっている。

腰高障子の中が外と遮断されるなり、

「おう、どんな具合だ」

「いま、志乃とおミネさんが看《み》ていやすが、どうもみょうなので」

二人の、本来の間柄が自然に出てくる。杢之助は五十を超え、髷《まげ》にはゴマ塩が混じり髻《たぶさ》も小さくなっているが、細身の筋肉質で体軀《たいく》に衰えは感じられない。一方の清次は四十がらみで、杢之助に似て筋肉質だが瘠《や》せてはおらず、そのせいか押し出しが利いて動作も機敏そうに見える。

「みょうとは？」

杢之助はすり切れ畳に上がって胡坐《あぐら》を組み、

「それが、名を訊《き》いても在所を訊いても……」

言いながら清次はすり切れ畳の荒物を手でちょいと脇へ押し、そこへ腰を据え杢之助のほうへ上体をよじった。不意に誰かが入ってきても、おもての旦那がふらりと木戸番小屋に寄り、木戸番人と世間話でもしているように見える。町の者が焼き芋や荒物の買い物がてら、腰を据えて話し込んでいくのなど珍しいことではなく、とくに左門町の木戸番小屋ではそうしたおかみさんや年寄りは多い。

「応《こた》えねえか？」

「さようで。しかも訊いているとき、その子はあっしの面《つら》を穴の開くほどで凝《じ》っと見つめ、その目がまた、怯《おび》えているような……そんな感じで」

「なにか、よほど恐ろしい目に遭った……」

「かもしれやせん」

「気になるな。で、疵のほうは」

「足も手もすり疵程度で、さいわい草履《ぞうり》はしっかり履《は》いていましたから、そこから悪いものが入るようなことは……。それに、湯で疵口を洗ったり体を拭いたりするのを志乃と交替しやすと、こんどは志乃の顔を凝っと見つめ、そこへおミネさんが加わると、その子め、体力を消耗していたのか安心したのか、おミネさんの膝でスーッと眠ってしまいやしてね」

「ほう、母親と間違ったのかもしれねえな。それで、怯えたような目ってえのは、おめえに対してだけか。志乃さんやおミネさんたちには」

「あっしに対してだけです。志乃とおミネさんには、まるで何かを找すような目で」

「うーむ。恐ろしい目に遭ったとすりゃあ、相手はきっと男だな」

「あっしも、そう思いやした」

「それで、身元が分かるようなものは何か」

「それなんでさあ」

清次はさらに身を杢之助のほうによじった。腰高障子が風に音を立てている。それがかえってさいわいしているのか、陽は射しているものの冷たく強い風のなかを朝から木戸番小屋に訪《おとな》いを入れる者はいない。

「着ているものは汚れてはいましたが、粗末じゃありやせん。それに、このようなものを左手に握っておりやした」

清次は身をよじったままふところから紙入れを出し、そこに挟んだ紙切れを大事そうにつまみ、杢之助に示した。

「なにかな」

杢之助は手に取った。手のひらの半分もないほどの、周囲が破け細かく皺《しわ》のよった紙片である。強く握り締めていたようだ。

――津茂
の文字がある。他の文字はほんの一部だけで判読は困難だった。

「何だね、これは」

「紙の質からみれば、こいつは商家の大福帳の切れ端だと思いやす。それに〝津茂〟の上の字、点のようなものが二つ残っておりやすが、位置からすれば〝大〟か〝太〟の字かとも」

「大津茂……太津茂……人の名の一部か屋号か」

「分かりやせん。大福帳だとしても、どの部分か分かりやせんので、あるいは何かの商品名かも……」

「うーむ。いずれにせよ、手掛かりになろうよ。ここじゃ狭いし人の出入りも多い。なくしちゃ大変だから、おめえが保管しておきねえ。ともかくこの文字は儂も頭に叩き込んでおこうよ。それが迷子札になるかもしれねえしな」

「へい、そうさせていただきやす。それで杢之助さん、どうしやす」

清次はあらためて杢之助のほうへ身をよじった。

「どうするって、清次よ。その子の近辺からなにが飛び出してこようと、あくまで迷子として扱うのだ。それを最初に拾ったのが志乃さんで、おめえのところで預かることになったのはさいわいと言えるかもしれねえ」

「あっしも、とっさにそう……」

二人は顔を見合わせた。双方の胸中には、困難が舞い込んだなかに、共通した安堵にも似た思いがながれていた。

杢之助は常に言っている。

『奉行所の同心や与力には、どんな目利きがいるか知れたものじゃねえ』

だから、八丁堀を左門町に入れてはならない。いまは木戸番人になっている杢之助が、十手をふところにした者と身近に対面するようなことは、極力避けねばならないのだ。

「ともかくだ、御掟《ごじょう》に従ってこれから儂が一走り御箪笥町《おたんすちょう》に行って、源造《げんぞう》に筋を通しておこう。ちょうどこの風だ。その子には辛かったろうが、松つぁんも竹さんも仕事には出ていねえようだ。ここの留守番はあの二人に頼んでおかあ。それに町のお人らにも儂《わし》から〝迷子、迷子〟と言っておこう」

「へい、分かりやした。あっしは志乃やおミネさんらとその子の面倒を……」

清次は重そうに腰を上げた。

「清次よ」

「へい？」

三和土に立ち、腰高障子に手をかけた清次を杢之助は呼びとめた。

振り返った清次に杢之助は、

「おめえ。儂もだが、志乃さんには感謝しなきゃなるめえよ」

しんみりとした口調だった。密かに大木戸の向こうあたりへ捨てずに、厄介を背負い込んだことが……である。順送りのように捨て、うまくいけば厄払いとなり、きょうもあしたもそのさきも、平穏無事に過ごせるかもしれない。

「へえ」

清次はコクリと頷《うなず》いた。このときも、二人の胸中には共通するものがあった。

「ですが、できやせんよ。そんなこと」

ポツリと清次がつづけたのへ、杢之助は肯是《こうぜ》するように、無言でコクリと頷いた。魔が差して捨子にし、ばれて奉行所のお白洲へ座らされるかもしれなかったことに対してなどではない。迷子か捨子か、聞いた刹那《せつな》、それぞれの胸中に込み上げるものがあったのだ。

（その子）

何十年も前の、

（俺だ！）

二

「へへ、杢さん。行ってくらあ」

「ちょいと浴びに」

松次郎と竹五郎の声が、腰高障子のすき間から風の音とともに入ってきた。杢之助がこの二人に木戸番小屋の留守番を頼もうと三和土に下り、いつもの下駄ではなく草鞋《わらじ》を足に結んだところだった。炭火の燃えている七厘が二つもある。片時も無人にはできないのだ。

「湯かい」

顔を上げ、腰高障子に返した。

「この風にふいごなんか踏んでみねえ。江戸中、焼け野が原だぜ」

「大げさだよ、松つぁんは。さあ、早く行ってあったまろう」

障子戸の外から言うのへ、

「待ちねえよ」

李之助は障子戸を開けた。風が勢いよく入ってくる。

「なにか用かい」

松次郎と竹五郎は立ちどまっている。二人ともいつもの股引《ももひき》に着物を尻端折にし半纏《はんてん》を三尺帯で決めた姿ではなく、半纏は肩に引っ掛けているが着物は着流しで、ほこり除けに手拭で頰被りをしている。

「入りねえ、さあ」

李之助は手招きし、

「なんなんだよ」

言いながら角張った顔の松次郎が応じ、ボッチャリとした丸顔の竹五郎もつづいてうしろ手で障子戸を閉めた。松次郎は視線を杢之助の足元にやり、

「あれ、杢さん。遠出かい」

「そういうことだ。せっかくのところ悪いが、ちょいと留守を見ててくんねえか。よんどころない用事ができちまってなあ」

「いいともよ」

松次郎は視線を七厘の炭火に向け、

「あったまるのはここでもできらあ。それよりもよんどころない用事って、この風でどっかの看板が吹き飛んで町内の爺さんか婆さんがケガでもしたかい」

「もう松つぁんは早トチリが過ぎるよ。で、杢さん。そのよんどころない用事って」

杢之助の待っていた言葉である。まず町の者から、〝迷子〟であることを刷り込んでおかねばならない。

杢之助は、けさ早くのようすからその三、四歳の男の子がいまおもての居酒屋の奥に寝ていることまで話した。

「まっまま、迷子って！　親はどうしてるんでえ！」

「ば、馬鹿だなあ、松つぁんは。それが分からねえから迷子って言うんじゃねえか」

二人は瞬時に事の重大さを悟った。木戸番小屋が話の源《みなもと》になれば、噂はたちまち町内全域に広がり住人たちも端《はな》から〝迷子〟であることを頭へ刷り込むことになる。

「とまあ、そういうわけでな。儂はちょいと源造さんのところへ」

「ケッ。また、あいつかい。向こうが岡っ引なら仕方ねえや」

松次郎は御簞笥町の源造が相当気に入らないようである。そう阿漕《あこぎ》なことをしているわけではないが、岡っ引などは実直な職人から見れば遊び人のようなものである。だが八丁堀の手先となっている以上、奉行所へのさまざまな届けなど町の自身番を通じるのが筋だが、揉め事で尾を引きそうな場合は、岡っ引に話しておけばなにかと便利なこともあるのだ。今回がまさにその例である。

木戸を出た杢之助は、

「はい、御免なさいよ」

清次の居酒屋に立ち寄った。源造に知らせるにも、まずその〝迷子〟を見ておく必要がある。昼の仕込みにかかるにもまだ早い時分であり、店に客はいなかった。

「奥のほうで」

板場から清次が顔をのぞかせた。

「ふむ」

李之助は頷き、奥に入った。勝手知った間取りである。

「あ、李之助さん。この子ですよ、ホラ」

おミネが言い、志乃もまだ名も知れぬ子の顔をのぞき込んでいる。蒲団《ふとん》の中で、安心したような深い眠りに入っている。なるほど顔もわらわ頭の髪もきれいに拭かれ、幼児ながら品もありそうで三、四歳の微妙な歳に見える。そのようすから、大きなケガなどはしておらず風邪も引いていないようなのがひとまず安心である。

「眠る前も、一言も口をきかないのですよ。まるで、きけないような」

志乃が不安そうに言い、おミネが、

「目を覚ませば、なにか分かると思うのだけど」

と、本当に心配そうにつづけた。二人とも凝《じ》っとその子の寝顔に見入っている。李之助ものぞき込み、ふたたび感じるものがあった。それが迷子でも、たとえ捨子だったとしても、

(こうして、見守ってくれる人がいる……仕合わせだぜ、おめえは)

フッとため息をつき、

「じゃあ、ちょいと御簞笥町まで行ってくらあ」

杢之助は部屋を出た。

「町役さんにはのちほどあっしから」

店場から清次が声を投げてきた。これからの費消を相談しなければならないのだ。

「おう」

杢之助は応じ、外に出た。黒っぽい股引に袷《あわせ》の着物を尻端折に手拭で頬被りをし、夏でも冬でも白い足袋で、世を遠慮するようにいくぶん前かがみに歩いている。いずれの町でも番太郎のようすは似ている。これで下駄をはいて首に拍子木でもぶら下げておれば、他の町に行っても一目でいずれかの木戸番人と分かる。だがいま、杢之助は遠出のため草鞋を結んでいる。それでもやはり意識してか前かがみになっている。

いずれの町も住人は木戸番人を「おう、番太郎」とか「番太さん」と呼んでいるが、左門町でそう呼ぶ者はおらず、「杢さん」とか「杢之助さん」、「木戸番さん」と呼んでいるのは、町内で揉め事があれば、たとえ親子喧嘩や夫婦喧嘩であっても、木戸番小屋に持ち込めば、なんとなく収まってしまうからである。

御簞笥町は四ツ谷御門の手前で、街道から枝道をいくらか入ったところにある。

風が強い。街道には土ぼこりが舞い、男は職人もお店者《たなもの》も頬被りをし、女も手拭《てぬぐい》で髷を覆い、飛ばないように端を口にくわえ、手で着物の前を押さえて歩き、それらの全体もかすんで見える。顔を上げれば目に砂が入りそうで、いずれもうつ伏せている。李之助も下を向き、前を行く往来人にぶつからないよう気を遣《つか》いながら歩を速めた。しばらく左門町に尾を引きそうな出来事に、

（火の粉にならねばいいが）

案じられるのだ。

街道から枝道にそれた。まだ午《ひる》には間がある。

御箪笥町に源造は塒《ねぐら》を置き、女房が小間物屋の店を出している。周囲の店舗《みせ》もそうだが、暖簾は出していないが雨戸や大戸は開けており、商いはしているのだろう。源造の清次の居酒屋も、縁台はもちろん飛ばされるからと暖簾も出していなかった。源造の小間物屋も雨戸を開けているものの、暖簾は出していなかった。

「源造さん、いなさるかね」

李之助は腰高障子戸を引き開けると素早く中に入り戸を閉めた。店の板敷きや棚には簪《かんざし》や櫛《くし》、笄《こうがい》に巾着《きんちゃく》、紙入れなどの小間物がならんでいる。土ぼこりなどかぶらせては申しわけない。

すぐ奥から源造の女房どのが出てきて、

「あら、あら。これは左門町の李之助さん。うちの人がいつもお世話になっておりま

す。で、こんな風の日に、そちらの町まで何かあったのですか」

言いながら板の間に膝を折った。水商売上がりでまだ色っぽさがあり、源造と違って愛想がよく、

(源造が地元の御箪笥町で評判が悪くないのは、おかみさんの功績かな)

と、杢之助はかねがね思っている。

「えっ、そちらの町までとは、こちらでも何かありましたので？」

一瞬、杢之助はドキリとした。

(もし、左門町の〝迷子〟と関連していたなら)

脳裡に走ったのだ。最も警戒しなければならない〝捨子〟の線が浮上するかもしれない……。

「この四ツ谷御門前じゃないのですけどね」

源造の女房は応えた。

「市ケ谷《いちがや》八幡さんの石段下で、なんでも人の死体が見つかったらしいのですよ。一晩中、横たわったままだったらしく、この風の強いなか、おー恐いことです」

「えっ、死体！　子供ですかい、大人ですかい」

首をすぼめる源造の女房へ、杢之助は思わず左門町の〝迷子〟を意識した問いを入

れた。

「そこまでは。あたしは、ただ死体とだけしか……」

「いつごろですかい」

「だから、きょう。太陽が出たばかりの明け六ツごろですよ。八幡町の人が走って知らせに来て、それでうちの人、顔も洗わずに飛び出して行きましたよ」

「さようですか、市ケ谷八幡町にねえ」

　杢之助はつい考えこむ仕草になった。

「で、左門町のほうは、なにか？」

「いえ。死体など、そんな物騒な話じゃないのですがね。迷子がありまして、いま、うちのおもての居酒屋さんが世話しておりまして」

「ん、まあ。この風のなか、迷子だなんて可哀想に。で、ケガや病気は？」

「大丈夫なようです。ともかくその連絡までと思い。男の子です。殺しの事件で源造さんそれどころじゃないと思いますが、一応伝えておいてくださいまし」

　杢之助は腰を折り、きびすを返した。

「あ、お待ちを。お茶でも。せっかく風のなか、左門町からお出《い》でいただいて」

「いえ、おかみさん。源造さんはもっと大変じゃありやせんか」

振り返り、腰高障子を素早く開け、すぐ閉めた。

（まったく源造どの、女房どのには恵まれたもんだ）

あらためて思えてくる。すでに意は決まっていた。源造の女房どのは言っていた。

「——一晩中、横たわったままだったらしく」

検死した者が、血の固まり具合などからそう判断したのだろう。杢之助がふたたび歩を踏みはじめた。風はなお収まりそうにない。杢之助が左門町の木戸に物音を聞いたのは夜明け前である。三、四歳の足でも、正常ならかえって考えられないことだが、極度の恐怖心から泣くことも忘れ、ただただ歩いたとすれば、市ケ谷八幡町から四ツ谷左門町まで……、

（可能ではないか）

足はいま、市ケ谷に向いている。源造からようすを聞くためではない。左門町に八丁堀を入れないためには、源造よりも詳しく内容を知り、さきに手を打たねばならない。木戸番人はあちこちに仲間がいる。神社仏閣参りなどに出かけたとき、同業の誼《よしみ》からその町の木戸番小屋で互いに休んだり休ませたりしているのだ。

（こうも遠出になるとは、下駄でなく草鞋を結んできてよかったわい）

思いながら外濠に沿った往還に歩を進めた。

江戸城外濠の市ケ谷御門は、四ツ谷御門から外濠に沿った往還を北へ十丁（およそ一粁）ほどの距離である。外濠の通りにしては珍しく、往還がそのまま広場のようになって市ケ谷八幡宮の門前町を形成し、濠側には簀張《よしずば》りの茶屋がならび、紅《あか》いたすきに派手な前掛《まえかけ》の若い茶汲み女たちが昼間から参詣客を黄色い声で呼び込み、片側は京菓子屋に寿司屋、蕎麦屋などの常店《じょうみせ》が軒を連ねている。おミネの紅いたすきはそれを真似たものだが、いつも洗い髪のままで色白のおミネにけっこう似合っている。とはいっても四ツ谷左門町の縁台で出す茶は一杯三文だが、市ケ谷八幡町の毛氈《もうせん》敷きの縁台に座れば、看板娘たちの笑顔のお代も込みか一杯六文から八文は取る。

風のせいか市ケ谷御門が近くなっても、普段なら毎日が縁日のように賑わっているのに、一向に往来人の数は増えない。茶屋の通りに入ったが、ほとんどの店が簀を飛ばないように縄でゆわえつけ、営業はしていない。吹きさらしのなかで火を扱うなど危険この上ないのだ。松次郎が鋳掛仕事を休んだのもそのためである。片方の常店も商っているのかどうか暖簾を出しているところは少ない。そのような日に限って奥の八幡宮の長い石段の下に死体が転がっていたなど、不気味な感じがする。如月《きさらぎ》とはいえ冷えこむ風に、杢之助はブルルと身を震わせ、脇道に入った。もう頬被りのてっぺんから草鞋のつま先までほこりまみれである。

そのつま先が向かうのは、八幡宮に一番近い木戸番小屋である。その番小屋には二年ほど前になろうか、八幡宮へお参りに来たとき立ち寄り、茶をふるまってもらったことがある。そこの木戸番人も去年の夏、巨大な閻魔《えんま》像で名高い内藤新宿の太宗寺《たいそうじ》の縁日のおり、左門町の木戸番小屋で休み、互いに顔見知りになっている。その番小屋の前で勢いよくほこりを払い、

「おう、御免よ」

腰高障子を自分の入れるすき間だけ開け、するりと入り素早く閉めた。

「おおう、これはさっきからおもてでバタバタやって、誰かと思ったら左門町の。相変わらず身のこなしがいいねえ」

八幡町の木戸番人は目を細めた。杢之助とさほど歳は違わないが、杢之助とは対照的に太り気味でずいぶん老けて見える。ここでは子供相手の駄菓子を売っており、焼き芋はやっていない。

「――体を動かすのがおっくうでなあ、あれは火を扱わなきゃならんから俺にはもう無理さ」

と、以前言っていた。

子供もこんな日は外には出ず、駄菓子も買いに来ない。煎餅《せんべい》や肉桂《にっけい》など駄菓子は一

文菓子ともいわれ、普段なら一文銭を数枚握りしめた子が絶えず出入りし、ときには町内の子供たちのたまり場になることもある。きょうは閑散として暇そうなのに疲れたように足をすり切れ畳に投げ出し背を丸めている。

「火の粉除けに風の日の八幡さんのお札をもらってきてくれなどと町内の店舗《みせ》に頼まれちまってよ。それできょう、仕事にあぶれた近くの棒手振に留守を頼んで、わざわざ来たのよ」

「ほう。そりゃあ駄賃もたんまり出るだろうよ。こちとらあ、きょうはもう夜明けとともに大わらわさ。さっきやっと一段落ついたところで、そこへあんたが来たってわけさ。座っていきねえ、茶でも淹《い》れらあ」

八幡町の木戸番人は腰を浮かし、手で一文菓子を押しのけて杢之助の座をつくり、箱火鉢のほうへ手を伸ばした。

「すまねえ」

杢之助は腰を下ろし、

「夜明けから大わらわって、何かあったのかい」

奥のほうへ身をよじった。

「あれ、おまえさん気がつかなかったのか。ここまで来て」

「別になにも。おもての茶屋はほとんど閉まってたし」

「そりゃあ風のせいだ。殺しよ」

「えぇえ、殺し!?　なんだね、それ」

　杢之助は初めて聞くふりをした。そのほうが聞き出しやすいし、相手もしゃべりたがるはずだ。ここの木戸番人が疲れた顔で、さっき一段落ついたと言ったとき、

（この父つぁん、関わっている）

　杢之助は直感したのだ。

「ここから一本筋違いの角を曲がった自身番に行ってみねえ。まだ人の出入りがあってごたついてらあ。八丁堀の旦那が小者を何人も連れてきなすってよ。まるでお白洲みてえになんだかだと。仏《ほとけ》も三和土に莚《むしろ》かぶせて置いてやがるのよ」

　八幡町の木戸番人は茶を淹れ、話しだした。杢之助は密かに心ノ臓を高鳴らせ、茶をすすって落ち着きを見せた。

　死体は石段の下というよりも、脇の小さな林の中に横たわっていたらしい。

「俺たちとおなじくらいの歳の、どっかの女中風でよう。知らねえ顔だった。匕首《あいくち》のようなもので何カ所か刺されてた。痛かったろうなあ」

　源造は聞き込みで近辺を走りまわり、自身番に木戸番人を呼んで直接尋問したのは

八丁堀の同心だったという。杢之助はゾッとするものを覚えた。

(もし、儂がその場に……)

目利きの同心だったなら、杢之助から何を感じとるか……。

「なんて答えたね」

杢之助は口から湯呑みを離した。

「ふふふ、分かるだろう。なあんも知らねえ、怪しげな物音も聞いちゃいねえ」

八幡町の木戸番人は言い、みょうな含み笑いをした。

「ふふふ。お互いになあ、この歳よ。分かるぜ、八幡町の」

杢之助は合わせ、

「毎日無事に暮らしたいからよう。関わり合いは御免だぜ。ここならなおさら、子供相手だしなあ」

と、八幡町の木戸番人の顔をのぞき込んだ。〝怪しげな物音〟を聞いているのだ。

「ま、おめえさんは同業だしなあ」

案の定、その疲れた表情は応えた。

「あれは死になすったお女中の声だったろうかな。ボウッ、逃げて！——甲高《かんだか》く、聞こえたよ。すぐ近くだった。あとは人の走る音さ」

「へーえ。いつごろだい」

「風はまだ出ていなかったし、木戸を閉めるすこし前さ」

木戸を閉めるのは夜四ツ（およそ午後十時）で、近辺で時ノ鐘を打つのは八幡宮だから、聞き漏らすことはあり得ない。

杢之助の脳裡はめぐった。日の入りとともに八幡宮の参詣人の影は絶え、近辺は閑散とする。代わって賑わうのは、おもての茶屋街である。事件は木戸の閉まる前だった。おもての通りに出さえすれば人混みを抜け、あとは夜四ツを過ぎても濠沿いの往還にも四ツ谷の街道にも辻番所や自身番はあっても木戸はない。提燈を持たない小さな影が走り抜けても気がつかないだろう。人通りのまったく絶えた街道を左門町まで来て力尽きた。恐怖と寒さで、気を失うこともできなかった……。杢之助は、いま左門町の居酒屋の奥で寝入っている子への痛ましさを抑《おさ》え、

「人の足音って、一人かい」

「そうさな、二、三人か、いや、三、四人かな。ま、そのくらいだ。いま思やあ、あのとき人が一人、殺されてたんだなあ。気の毒なことをしたが、もし外へ見に出てたなら……左門町のよ、俺ゃあ……」

「そう、そうだよ。出なくてよかったよ。出てたら八幡町の、おめえさんも……」

「よ、よせやい、左門町の」

八幡町の木戸番人は湯呑みを手にしたままブルッと身を震わせた。顔は、恐怖に引きつっている。

「ま、八幡町の。ここで静かにいつまでも一文菓子を売らしていてもらいねえ。儂もさっきの話、聞かなかったことにするぜ。儂だって、いつまでも静かに荒物売って、冬は焼き芋の七厘であったまっていてえからなあ。ま、きょうはみょうなときに邪魔しちまったなあ」

杢之助は湯呑みを置き、ゆっくりと腰を上げ、

「今年の盆も、太宗寺の縁日、来てくれよ」

「あゝ、そうさせてもらわあ。だがきょうは八幡さんの近辺、歩いているだけで八丁堀に何か訊かれるぜ。気をつけねえ」

「おう、それはまずいや。気をつけよう。お茶、旨《うま》かったよ」

杢之助はまた頬被りをしながら外に出た。

風が吹き熄《や》まない。思わず顔を隠すように下へ向けた。同時に、背筋にゾッと冷たく走るものを感じた。大収穫である。迷子でも、まして捨子でもない。もっと大きな事件なのかもしれない。それを左門町は拾い上げてしまった……。

急いだ。濠沿いの往還に出るまでにも誰かとすれ違ったようだ。声をかけられなかったから源造ではない。会わなかったのはさいわいである。四ッ谷御門に近づいても近道になる枝道には入らず、そのまま濠沿いを進み街道に出た。どこで九ツ（正午）の鐘を聞いたのか、太陽の位置からも午《ひる》はすでに回っている。

「おや、杢さん。どちらへ。あ、御簞笥町の源造さんに？」

声をかけられたのは、左門町に近づいてからだった。向かいの麦ヤ横丁の住人だ。

「あゝ、ちょいとね」

杢之助は土ぼこりのなかに足をとめた。源造の名が出てくるのは、〝迷子〟の一件がすでに広まっているのだろう。

「あそこの居酒屋さんも大変だねえ。こちらからもみんなで合力《ごうりき》させてもらうよ」

「あゝ、儂からも頼んまさあ」

大八車がすぐ脇を走り抜けた。

「じゃあ、また」

「うん、木戸番さんもご苦労さんだ」

早々に別れた。

清次の居酒屋はすぐそこだ。

閉められた腰高障子の前で頰被りをとり、全身をはたく。暖簾は出ていない。中では気配に気づいたか、

「やっております。どうぞ」

おミネの声だ。腰高障子だけで暖簾を出していない分、おもてに人が立つと同時に声をかけているのだろう。

「すごい風だねえ、もう」

引き開けた障子戸に、

「あら、杢之助さん！」

おミネの声に志乃も振り返り、清次が板場から顔をのぞかせた。遅めの昼めしの客が三人ほどいる。

「迷子の子は？」

「まだ奥で寝ています。まるで死んだように」

志乃が応えた。やはり、小さな身で極限にまで体力を消耗していたのであろう。

「それで、源造さんのほうは」

おミネが訊いたのへ、

「それよりも腹が減った。なにか見つくろってくだせえ」

飯台の樽椅子に座った。杢之助のそのようすに、

(なにか話したいことがある……他人《ひと》に聞かれてはまずいことが)

清次は察し、

「魚の干物を焼いたのならまだありまさあ」

言うとのぞかせていた顔を引いた。

「そういやあ、ここで迷子を引き取ってるんだってなあ」

「聞いた、聞いた。大変だよなあ」

飯台の客が志乃やおミネに話しかけた。

「そうなんですよ。それも三、四歳のかわいらしい男の子」

おミネが応えていた。

杢之助は焼き魚をつつきながら飯を味噌汁でかき込み、

(一段落ついたら顔を)

板場の清次に目で知らせ、木戸番小屋に戻った。

すり切れ畳の上で竹五郎が一人で極細《ごくぼそ》の鑿《のみ》を持ち込み、羅宇竹《らうだけ》に竹笹の彫《ほり》を刻み込んでいた。竹五郎は煙管《きせる》の掃除や雁首《がんくび》、吸口のすげ替えだけでなく、新品を売るにも羅宇竹の素朴な竹笹の彫が付加価値となり、羅宇屋のなかではけっこう稼ぎ頭になっ

ている。雨や風の日はいつもこうして鑿を振るっているのだ。

「松つぁんはどうしたい」

「あゝ。杢さん、帰りが遅いんで替わるがわる湯へ行って、いまごろ松つぁんがあったまっているよ」

「そうかい。そりゃあすまねえ。向こうですっかり時間くっちまってなあ。儂もちょいと行かせてもらおうか」

話しているところへ、

「おじちゃーん」

勢いよく腰高障子が開き、太一が飛び込んできた。時刻はもう手習いの終わった昼八ツ（およそ午後二時）である。いつもなら手習い道具をヒラヒラさせながら走ってくるのだが、きょうばかりは腹に抱え込んでいる。

「おうおう、早く閉めな。それに頭から砂まみれじゃないか。一緒に行くかい、湯をかぶりに」

「うん。行く行く」

太一は閉めたばかりの障子戸にもう手をかけていた。

ふたたび竹五郎を番小屋に残し、左門町の通りに出た。それは甲州街道の枝道で、木戸から南へ三丁（およそ三百米）ばかり伸び、抜けるとお寺ばかりがならぶ静かな一帯となる。

湯屋はその通りのほぼ中ほどにあり、鶴ノ湯とか梅ノ湯などと屋号をつけているのはよほど大規模な湯で、ほとんどは屋号などなく単なる〝湯屋〟で、住人からは〝忍原横丁の湯〟とか〝御簞笥町の湯〟と、その町の名で呼ばれている。左門町の湯屋もそうした湯の一つである。

昼八ツを過ぎたばかりというのに、けっこう混んでいた。風の強い日は湯屋の稼ぎ日である。

狭い柘榴口《ざくろぐち》をくぐって薄暗い湯舟に入ると、そこはもう町の噂の飛び交う、町内の住人たちの、文字どおり裸のつき合いの場である。

「おう、杢さん。帰《けえ》ったかい」

「あ、松のおじちゃん！」

湯舟の奥で顔は見えずとも声で分かる。

「おう、おう。これは木戸の杢さん。知らせに行ってくれてたのかい。迷子をよう」

と、湯に体を沈める前から杢之助に声が飛んでくる。

「おもての居酒屋さん、大変《てえへん》なものを拾っちまったんだってなあ」

「いまも話してたのさ。迷子なら、親御が早く見つかればいいのにってよ」

話題は一つに絞られている。もくろみどおり〝迷子〟が定着しているようだ。

「迷子だって！　どんな子、どんな子」

と、手習いに行っていた太一だけが初めて聞いたのかソワソワしだした。それがおもての居酒屋にいるとなれば、早く見たいのであろう。

「あゝ、早く親御さんが出てくりゃあいいが。そのために御箪笥町の源造さんに知らせに行ったのさ。そのときな、ま、左門町から離れているから関係ねえと言っちゃあそれだけのことだが……」

杢之助は話した。殺しの件である。

市ケ谷でも早朝のことなら、午《ひる》ごろには四ツ谷一帯に噂がながれているはずだが、きょうは風のせいで馬子や駕籠舁き人足で街道の縁台に座る者もおらず、まだ伝わっていないようだ。だが、早晩伝わる話である。

「えっ、殺しかい」

「どこの女中だい」

と、最初は湯舟も緊張したが、杢之助が、

「そこまでは知らねえ。ただ、老いた女の死体が見つかったって聞いただけだから」

言うに至っては、話題はやはり町内の〝迷子〟事件である。太一などは、

「おいら、おっ母アに頼んでちょっと顔見てくらあ」

と、もう湯から上がりにかかった。

杢之助にしては、噂から四ツ谷左門町と市ケ谷八幡町を切り離しておきたかった。

（二つを関連づけるような噂がながれるのはまずい）

のだ。

ながれれば源造も耳にするだろう。それに隠密同心の耳がどこにあるかも知れたものではない。そうなれば、八丁堀の手が左門町に入る。源造が鼻高々と先導役を務めることになろう。左門町に自身番はなく、東隣の忍原横丁の自身番が左門町の人別帳を管理しているが、場所は街道から離れている。ということは、左門町の木戸番小屋が同心たちの探索の詰所になり、八幡町の同業の話にゾッとした思いが現実のものとなる。そればかりか、左門町では杢之助が同心たちの案内役となり、八幡町での殺しが落着するまで、どんな目利きがいるか分からない同心たちと行動をともにしなければならないのだ。熱い湯に浸かっているのに、ブルルと身の震えるのを感じた。太一はすでに上がっている。

「おう、杢さん。俺アそろそろ上がるぜ。もうふやけちまいそうでよ。二階で碁でも

打ってくらあ」

「あはは、松よ。町内の者みんな、おめえと碁を打ちたがっているぜ。おめえとなら誰も負けねえからなあ」

「てやんでえ。あとから来やがれ。可愛がってやらあ」

悪態をついたのは町内の別の裏店にすむ左官職のようだった。松次郎は派手な湯音を立て柘榴口《ざくろ》を出た。

杢之助もそう長湯をすることなく木戸番小屋に戻った。

三

清次が木戸番小屋の腰高障子に音を立てたのは、杢之助が湯から戻り、竹五郎が、

「けっこう果《はか》が行ったよ。きょうは早仕舞いであしたに備えらあ」

と、彫を入れた羅宇竹をかき寄せ、裏店に引き揚げたのと前後するようであった。

陽はかたむいているがまだ高く、夕への仕込みにかかるあいだ、しばしの暇がとれる時間帯である。松次郎は湯屋の二階で上手《うま》くもない碁を打っているのか、まだ帰ってこない。太一は湯上がりのまま、

「まいご、迷子、どこ！」

と、奥の部屋に飛び込んだが、まだ寝ていたのでつまらなそうに板場に戻り、皿洗いや野菜洗いの手伝いをしているらしい。

「相当疲れているのか、寝入ったままピクリとも動かず、腹も減っているだろうとおミネさんが用意したお粥《かゆ》も冷めてしまいやしてね」

「そりゃあ市ケ谷から夜通し緊張状態で歩いたんじゃ、そうもなろうよ」

「えっ、市ケ谷？　それに緊張状態とは⁉」

李之助が言ったのへ、清次はすり切れ畳におろした腰を浮かせ、身を李之助のほうへ近づけた。

「実はなあ、四ツ谷御門前からの帰りが遅くなったのは……」

李之助は声を落とし、話しはじめた。話の進むなかにみるみる清次の顔も緊張を帯び、すべてを聞き終えると、

「すりゃあ、あの子！　こ、殺しの現場から逃げてきたと⁉」

絶句の態となり李之助の顔を見つめた。

「ボウッ、逃げて！　の声が、なによりの証拠だぜ。三、四歳の子供にとって市ケ谷と四ツ谷じゃ距離がありすぎるが、極度の恐怖と緊張があれば考えられないことはな

い。事件は一つのものと見なきゃなるまい」

風の音が二人の声を外界と遮断している。

「だったら、ボウッ――というのは――坊、逃げて！ ですかい。老女中がそう叫んだ……と」

「そういうことになる」

「杢之助さん！ あの〝津茂〟の文字、〝大〟か〝太〟が前につく……じっくり考えてみたのでさあ」

「ほう。なにか分かったかい」

「へい。あの字の大きさ、ありゃあ商家のあるじか職人の棟梁が、品物の注文か仕事の請《う》け状で、最後のところに自分の屋号と名を書きやすが、その大きさでさあ」

「ほう。ならば人の名の一部とすりゃあ大津……大津茂《おおつも》次郎、大津茂左衛門、きりがねえ。それとも大津茂屋、太津茂《たづも》屋……ありそうだな」

「へえ。さっき聞きながら考えやした。どこかのそういった名の商家で、人が殺されるような揉め事があった。あの子、寝顔から見やしても、けっこうそれなりにいい家の育ちの感じがしまさあ」

「そういえば、そんな感じだったなあ」

「お家の坊を忠義な老女中が連れて逃げ、もちろんどんな事情かは分かりやせんが。〝坊〟はとっさに帳場にあった紙片を引っつかみ、そのまま指が開かなくなってしまった。ほれ、あるでやしょう。初めて人を殺《あや》めたとき、匕首を握ったてめえの指が恐怖でしばらく開かねえってのが」

「あゝ。嫌な例だが、確かにある。シッ」

腰高障子に音がした。

「あらあら、清次旦那も。こんな日は街道筋も暇なんですかねえ」

障子戸を開けて入ってきたのは湯屋向こうのおかみさんだった。

「この凪でさあ、亭主が早めに仕事から帰ってきて、メシだメシだなんて言うもんだからサア。焼き芋、焼き芋」

「おう、そこに載っかってるの持っていきなせえ。ちょうどいい香りがしてまさあ」

杢之助は七厘を手で示した。竹五郎が七厘に載せておいてくれたようだ。

「アチチチッ」

おかみさんは持ってきた笊《ざる》に三つほど移した。

「それじゃあ木戸番さん。わたしもそろそろ夕の仕込みにかからなくちゃなりませんので」

清次は腰を上げた。

「あ、そうそう、清次旦那。聞きましたよ。迷子を預かってるんですって？　奇特なことなさいましたねえ」

おかみさんも七厘から腰を上げ、

「なにかお手伝いすることあったら言ってくださいよ。で、どんな子？」

「あゝ、三歳か四歳ですか、男の子ですよ」

「まあ、そんな小さな子」

言いながら二人そろって敷居をまたぎ、腰高障子は閉められた。そのとき清次は、

（のちほど）

目で杢之助に合図を送っていた。

それからも焼き芋のお客は幾人かいた。いずれも〝迷子〟の話をする。

陽は落ちかけ、風はいくらか弱まったようだ。

いつものようにおミネが杢之助の簡素な一汁一菜の晩飯を盆に載せて持ってくる。

「あの子ネ、まだ寝ています。よほど疲れていたのね、可哀想に。どこから来たのかしら」

おミネは言っていた。おミネは清次からまだ何も聞かされていないようだ。

暗くなってからの時間が、ことさら長く感じられる。それでもおミネの下駄の音がふたたび腰高障子の外に響き、

「では杢之助さん、お休み」

声を木戸番小屋に入れたのは、いつもより小半時（およそ三十分）ほども早い六ッ半（およそ午後七時）時分だった。強風は収まりかけているものの、居酒屋で一杯という酔狂な客はいないのだろう。

「あしたあの子サ。手習いから帰ってきたらおいらが遊んでやるよ」

太一がヒョイと敷居の中に顔を入れた。

「そうしねえ、そうしねえ」

杢之助は目を細めた。

おミネは障子戸を閉め、下駄の音が太一とともに長屋の路地のほうへ遠ざかった。

油皿に灯芯一本の明かりの中で、おミネが閉めたばかりの腰高障子を、杢之助はしばし見つめていた。

（因果よなあ）

思えてくる。同時に、

（知られちゃならねえ。左門町でのこの日々を続けさせてもらうためにも。身に降る火の粉は、振り払わなきゃならんのだ）

決意にも似た感情が込み上げてくる。

すぐだった。音はしないが気配で分かる。清次だ。

「きょうは、お客の少ないのがかえってさいわいでした」

昼間と違い、音もなく開けた腰高障子のすき間からスルリと入ってきた。手に熱燗の入ったチロリを提げている。

「おう、早く閉めねえ」

杢之助は急かし、湯呑みを二つ出した。

「外の風、もうかなり収まってますぜ」

これも昼間と異なり、清次は荒物をかたづけたすり切れ畳に上がり込み、杢之助と差し向かいに胡坐《あぐら》を組んだ。

「思えば思うほど、大変な拾い物をしてしまいやしたようで」

「ま、そう言うねえ。おめえらしくねえぜ」

いつもなら、身に降る火の粉かもしれないと見れば、どんな些細《ささい》なことにでも注意を払う杢之助へ、

『だから、取り越し苦労ですよ』

言っている清次だが、今回ばかりは志乃の親切心からとはいえ自分のほうから引き入れ、それも得体の知れない大振りの火の粉となりそうなことへ、李之助以上に思い悩んでいるようだ。

「なあ清次よ」

「へえ」

李之助は清次の注いだ湯呑みを手に取った。

「因果と言うよりも、なにかの縁だぜ。俺たちの身を救うことが、怯《おび》えているようなあの子を救うことにもなりそうな……身勝手かもしれねえが、そんな気がしてならねえのよ」

「あっしも、そのように」

飲み込みは早い。李之助も清次も似たような歳のころ、浮浪児であった自分の姿を思い浮かべたのであろうか。その子の事情はまだ分からないが、

（どんな背景があろうと、浮浪の道に放り出しちゃいけねえ）

二人の胸中にはながれている。

「儂もいろいろ考えたがなあ」

李之助は深刻な顔になり、

「おめえの昼間の話も合わせ、人の名じゃきりがねえからひとまず屋号に絞り、松つぁんと竹さんに大津茂屋か太津茂屋ってえなんらかの店舗《みせ》がこの四ツ谷界隈から市ケ谷の近辺にないか当たってもらおうと思うのだ。ともかく、あの子の出自《しゅつじ》を知らねば手の打ちようがねえ」

「あの子が目を覚まし、口がきけるようになりゃあ何かの手掛かりが得られるかもしれやせん。あしたの朝、松つぁんと竹さんが出かけるまでにそれが得られりゃ、時にかかわらずお知らせいたしやす」

「そうしてくれ。儂もあしたもう一度御簞笥町に足を運び、市ケ谷の探索の進み具合を探ってみよう。さいわい〝迷子〟の件をまだ直接話していねえしな」

「へえ。志乃も言っておりやしたが、しばらくあの子の寝床はうちの奥の部屋ということにして、町役さんたちも入用があれば遠慮するなと言って、子供用の蒲団や着物をすでに持ち寄ってくれました。向かいの家具屋さんなどは、乳の出る女中さんまで連れてきてくれましてねえ」

「ありがたいことだ。あの子、それだけでも仕合わせだぜ」

「あっしも、そう感じます」

言うと清次は表情へにわかに緊張の色を刷《は》き、

「李之助さん……あっし、フッと考えてみたのでさあ」

湯呑みを呷《あお》り、薄暗い明かりのなかに、視線を李之助へ投げた。

「うっ」

李之助は口に運びかけた湯呑みの動きをとめ、

「よさねえか」

たしなめるように言い、湯呑みを一気に呷った。李之助の脳裡にも、おなじものがよぎっていたのだ。これまでなら李之助が口にし、

『忘れてくだせえ。だからあっしがこうしてお側《そば》に……』

清次がたしなめていたことなのだ。

もう十年以上も前のことになる。押し入った日本橋の呉服屋の中であった。李之助の鍛えた蹴《け》り技《わざ》が炸裂し、清次は握った匕首《あいくち》を対手《あいて》の脾腹《ひばら》に送り込んだ。身を震わせ隠れていた女中を犯そうとした仲間一人に李之助は蹴りを入れて首の骨を折り、その李之助を刺そうとしたもう一人の仲間を清次がとっさに葬《ほうむ》ったのだ。盗賊たちの押し入った先での、身内同士の流血はそれでは済まなかった。配下の非道を黙認した頭《かしら》にも、副将格であった李之助の蹴りは飛び清次の匕首は走った。さらに李之助と

清次はその場で残った仲間と渡り合い、葬り去った。そのあと夜の闇へ逃げるなか、互いに見失ってしまった。白雲《しらくも》一味といった。その日を期して、一味の動きは世上から消えた。八丁堀の与力や同心たちは逆に地団駄を踏んだ。お上の名にかけてもお縄にしようと力んでいた盗賊団が、数人の死体を残したまま消えてしまったのだ。もちろん逃げた者の探索は進めた。だが、遺留品は仲間の死体だけとあっては糸のたぐりようがない。それから十数年、世間は白雲一味の名を忘れても、奉行所の役人たちの脳裡には、悔しさとともにいまなお深く刻まれていることだろう。

「身勝手かもしれねえが、市井《しせい》のなかに身を置いて……この日々を、いまは大事にしてえ。だがな清次よ、思い出したくねえ。以前を思やあ、てめえでてめえを葬りたくなるからよう」

「だからあっしが、李之助さんにすべてを忘れてもらいてえと思い……」

「シッ」

李之助は叱声《しっせい》を吐いた。すぐに緊張は去った。

「熱いのをもう一本。それにつまみも欲しいでしょう。今宵はとくに」

志乃がチロリと湯豆腐の椀を載せた盆を片手で器用に持ち、もう一方の手で腰高障子に音を立てた。三和土に入り、

「おもての風、ほとんど熄みましたようで。それにあの子、まだ身動きもせず眠ったままなんです。なにやら、かえって心配なような」

言いながら盆をすり切れ畳の上に置き、

「あたしがしっかり看《み》ていますから、ごゆっくり」

腰高障子を外から閉めた。

下駄の音が木戸のほうへ遠ざかる。

清次は盆を引き寄せ、

「さ、熱いうちに」

ふたたび杢之助の湯呑みに注いだ。

杢之助はそれを手に取り、

「まったく、驚いたぜ。こうなるとはなあ。それに、おめえには過ぎた女房だ」

「また、いつもおなじことを」

清次は自分の湯呑みにも注ぎながら苦笑した。おめえには過ぎた女房……杢之助の口ぐせになっている。とくに今宵は、その口ぐせが感慨とともに口をついて出た。

逃げた。頭《かしら》を斃《たお》し、すべてを吹っ切るようにともかく逃げた。杢之助は左門町の南側の一角にある長安寺《ちょうあんじ》の境内に行き倒れ、そのまま墓掘り人足の寺男として世間から隠れるように暮らして数年、和尚の計《はか》らいで左門町の木戸番小屋に入った。甲州街道に面した木戸の番人……杢之助は当初、躊躇《ちゅうちょ》した。人の往来が激しすぎる。だが、和尚の親切を受けたのは、

（――雑踏のなかほど身を隠しやすいのでは）

その理由からであった。しかし、町の住人は放っておかなかった。木戸の開け閉めや火の用心の夜回りだけではない。杢之助に悩み事を持ち込めば、話をするだけで心休まり、夫婦喧嘩も家庭の内輪揉めも、双方納得がいくように収まってしまう。町役たちも杢之助には一目置き、そうした人物が町の木戸番小屋にいることを喜んだ。杢之助の名は、左門町の木戸番さんとして両隣や街道向かいの町々にまで知られるようになった。逆に杢之助は毎日が緊張し、気持ちの上では針の莚《むしろ》に座っているような日々を送らねばならなくなった。

そのような杢之助の前に現われたのが清次だった。闇の中を走りに走ったあと、清次は大川（隅田川）の船宿《ふなやど》に拾われ、持ち前の体力と手先の器用さから船頭と包丁人の両方をこなす重宝な男となっていた。

その清次が左門町に現われたとき、一緒にいたのが志乃だった。志乃の顔を見て杢之助は驚愕した。日本橋の呉服屋で白雲一味の仲間を葬り、難を救った女中が志乃

だったのだ。志乃は役人に尋問され、死んだ賊どもの面通しをさせられ、生き延び逃走した者の面体も質《ただ》されたが、

「――見ておりませぬ。人数も分かりませぬ」

一貫して答えた。逃げた二人に、

（――あの人たち、悪人じゃない）

志乃にはそう思えたのである。

その後、志乃は日本橋の呉服屋にいづらくなり、上野池之端《うえのいけのはた》の料理茶屋で奉公するようになった。そこへ、船頭として客を運んできた清次とばったり顔を合わせ、清次は詫び、また感謝もし、二人は所帯を持ったのだった。将来、小さな店でもと小金を貯めた。そのようなとき、杢之助と再会したのである。さいわい、木戸番小屋と背中合わせで街道に面した店舗が空き家になっており、その東隣で左門町では大振りな古着屋を営む栄屋藤兵衛《さかえやとうべえ》の世話で借り受け、居酒屋を開いたのである。

「――おめえ、志乃さんには頭が上がるめえ。むろん、儂もだが」

睦《むつ》まじい二人を見て、杢之助は言ったものである。志乃は日本橋のころは浅黒く瘠せた女であったが、いまではすっかり肉付きがよくなっている。

淡い灯芯一本の明かりのなかで、

「なあ、清次よ。もしも……だ」

李之助は湯呑みを干し、清次を見つめた。

「へえ」

清次は受けた。二人の胸中にめぐっているおなじ推量を、李之助は口にした。

いずれかの商家を賊が襲って殺戮《さつりく》し、

（幼い息子と老女中が賊どもの顔を見て逃げ）

賊どもはその二人を追った。幼い子供にとって、これほどの恐怖と、また心細さはない。瞬時思うだけでも、李之助と清次の胸中には賊への極度の憎しみと、

（あの子を放ってはおけない）

人には言えない贖罪《しょくざい》のような同情が込み上げてくる。

李之助の手から、湯呑みを盆に置く音が小さく立った。

「許せねえぜ」

低く、呻《うめ》くような声であった。

清次も、

「李之助さん」

押し殺したような声で応じた。

十数年前のあの日、仲間の一人が怯える女中に匕首を向けたのは、

「――顔を見られた」

それが原因だったのだ。

「ともかくだ」

杢之助の声は元に戻った。といっても、もともと低く抑えた声である。

「あの子が目を覚ますのと、あしたからの進捗《しんちょく》を見る以外にない。おっと、そろそろ火の用心にまわる時分だ」

杢之助は身をよじり、部屋の隅に置いているぶら提燈と拍子木をたぐり寄せた。

「ならばあっしはこれで」

清次は腰を浮かせた。今宵清次が木戸番小屋の腰高障子を音もなく開けたのは、これからどう展開するか分からない事態への打ち合わせよりも、互いの意志を確認しておくためのものとなった。

人通りの絶えた夜の左門町の通りに、杢之助の声がながれた。

「火のーっ、よーじん」

つづいて拍子木の硬い音が響く。

木戸を閉めるのは、あと一回、町内をまわってからである。

四

風はなく、雲も遠慮したか快晴であった。いつもの朝の喧騒のなかに、
井戸端から聞こえるのは松次郎の声か、

「おぉう。春だぜ、春。おっ、まだ冷てえ」

「早くしなよ、あとがつかえてんだから」

「分かってらい。こちとらだって急いでるんでえ」

長屋の女房連中に急かされ、松次郎は毒づいているようだ。

路地に煙が立ち込め、それらのまだ一段落するかしないかのころだった。

「おう、行ってくらあ」

早くも松次郎の声が腰高障子の外に響き、

「きょうは遠出だからさ」

竹五郎の声がつづいた。

どこの長屋でも棒手振《ぼてふり》が仕事に出かけるのは明け六ツ半（およそ午前七時）ごろである。二人の声は、それよりもまだ小半時（およそ三十分）も早い時分だった。

「おう。待ちねえ、待ちねえ」

李之助は慌てて下駄をつっかけ、おもてに走り出た。

「なんでえ。きょうは急いでるんだぜ」

角顔の松次郎が天秤棒の紐《ひも》を両手でつかんで振り返り、丸顔の竹五郎もそれにつづき背中の道具箱にカチャリと音を立てた。

「きょうはどこを回るね」

「どこをって、竹がさっき言ったろう。市ケ谷まで遠出さ」

「きのう李さん言ってたじゃないか。八幡さんで殺しがあったって」

松次郎の言葉を竹五郎が補《おぎな》うようにつなぎ、

「だからよう、李さんの話じゃ要領を得ねえ。それできょう詳しく」

「と、市ケ谷界隈をながそうと思ってね」

「そういうこと」

「だったら頼まれてくれんかな」

「なにをだい。早く言ってくんねえ」

松次郎に急かされ、李之助は、

「大津茂屋《おおつもや》かそれとも太津茂屋《たづもや》という屋号の」

「それって李さん、あの迷子の親元探しかい。分かった。あちこち訊いておくぜ」

松次郎は返し、天秤棒の紐をブルルと振った。気合を入れるいつもの仕草である。

竹五郎もまた背中の道具箱に羅宇竹の音を立て、左門町の木戸を出て行った。二人とも尻端折の袷《あわせ》と股引《ももひき》に腰切半纏《こしきりばんてん》を三尺帯できちりと締めている。

「ともかく頼まあ」

杢之助は朝の街道に遠ざかる二人の背を頼もしそうに見送った。街道にはすでに人が出ており、清次の居酒屋にも暖簾がかかり縁台も出ている。

木戸番小屋に戻った。

清次からまだなにも言ってこない。ようすが気になる。

きょうは荒物も広げず七厘も出さず、

（そろそろ儂も）

思っているところへ、

「おじちゃーん」

飛び込んできた太一の声に、

「おう、おう」

杢之助は腰を上げた。ついで腰高障子の外を軽快な下駄の音が走り過ぎる。追うように障子戸を開けたがおミネはもう木戸のところまで走っていた。

「ほらほら、気をつけて。荷馬が来たよ」

おミネの声を背に太一は街道を横切り、向かいの麦ヤ横丁に駈け込んでいった。

「おミネさん、儂もちょいと一緒に店の奥へ」

「あら、李之助さん。あの子のことがやはり」

「あゝ、気になる」

振り返ったおミネに李之助は返した。声が聞こえたのか、暖簾から志乃ではなく清次が待っていたように顔を出した。

「あ、旦那さん。志乃さんは？」

「奥であの子を看てる」

「えっ、目を覚ましたの！」

おミネは店に駈け込んだ。

思わず李之助も清次に低声《こごえ》で訊き、

「覚ましたのか」

「どうでございましょう、ようすは」

すぐ言いなおした。外での関係は、あくまで街道おもてに暖簾を張る居酒屋の亭主と木戸の番太郎なのだ。おミネが店の中に駈け込み、朝の往還に立ち話などするのは二人だけだったせいか、つい気の弛《たる》みが出てしまったようだ。

「それが、まだ起きないので。それに、ときどきうなされているように小さな身をよじり」

清次は声を抑えた。その表情は、

（よほど恐ろしい目に遭い、体力も消耗していたのでしょう）

語っている。

「うーん」

杢之助は低く唸った。昨夜、清次とわずかに触れた、

（許せねえ）

憶測がまた念頭を走ったのだ。杢之助はなおも声を落とし、

「いまから御簞笥町に行ってきまさあ。木戸のほう、よろしくお願いします。それに松つぁんと竹さんが帰ってくれば、また別のなにかが分かるかもしれません。二人とも市ケ谷をながすと言って早くに出かけましたから。それまであの子はしっかりと看ていて……」

軽く会釈し、

「それじゃあ」

声を大きくし下駄のまま街道を四ツ谷御門のほうへ向かった。さきほど松次郎と竹五郎が急いだ方向である。

木戸から町内のおかみさんが出てきたのだ。

「迷子の親探しのことでねえ、杢さんから岡っ引の源造さんに相談してもらおうと思ってネ。きのうはあんな風だったし」

背後に清次の声が聞こえる。

「まだ見つかりませんので？　ほんとご苦労さまです。あたしらもみんなで手分けして……」

おかみさんは言っていた。

杢之助は下駄の足で、

（きょうは草鞋《わらじ》の用はあるまい）

前かがみになり、歩を速めた。杢之助が歩くとき、たとえ下駄で走っても足元から音が立たない。飛脚時代に鍛えた足腰へ、盗賊時代に身についてしまった習性なのだ。そこに気がつく者は左門町にいない。源造も気づいていない。だが、心得のある者が見たなら、

（忍び？）

一瞬、思うかもしれない。杢之助が八丁堀の目を恐れる所以《ゆえん》はそこにもある。だからといって故意に音を立てようとすると、かえってぎこちない足さばきになり、逆に目立ってしまう。だから外に歩を運ぶとき心がけているのは、町々の番太郎よろしく前かがみになり、出来るだけショボくれて見せることである。

その姿で急ぎながら、脳裡には駈けめぐってくる。

（あの子はまだ目を覚ましていない。源造が市ケ谷にかかりきりになるのはかえってさいわいかもしれねえ）

目を覚ましたとき、源造が清次の居酒屋に来ており、同時に身許を知ったなら、

（即座に八丁堀が左門町を固めることに……）

そのときの詰所は、杢之助のいる木戸番小屋となる。歩を速めながら、足音の立たない足がブルルと震えた。

もう五ツ半（およそ午前九時）時分に近いか、太陽はすっかり昇り、町駕籠も荷馬も往来し大八車の音も響き、街道は日中の賑《にぎ》わいとなっている。源造はいつも朝が遅いのだが、市ケ谷の殺しにかかりきりになっているとすれば、もう出かけているかもしれない。急いだ。

枝道に曲がり、御箪笥町に入った。小間物屋もすでに暖簾を出していた。

「御免よ。源造さん、いな……」

「おう、バンモクじゃねえか。きのうも風のなかを来てくれたんだってなあ」

源造は店場の板敷きに腰かけ、女房どのを背に草鞋を結んでいるところだった。間に合った。杢之助は店の三和土に立ったまま、

「噂は聞いたよ。市ケ谷の八幡さんで殺しがあったんだってなあ。大変だろうがこっちもきのうの朝……」

「おう、迷子を清次旦那の居酒屋で預かってるんだってなあ。ま、こっちは見てのとおりだ」

草鞋の紐を結びながらいつものだみ声で早口に、

「ともかく捨子じゃねえだろうなあ。おめえが視立《みた》てたんじゃ間違《まちげ》えねえと思うが助かるぜ。こんなときに捨子などあった日にゃ手が足りねえ。ま、左門町の迷子はおめえに任さあ。清次旦那にもよろしく言っておいてくれ。そうそう、町役さんたちは東隣の栄屋の藤兵衛旦那にまとめてもらって、町でうまく処理しろや」

一気に言い、立ち上がった。事に挑むときの源造の癖《くせ》で、太い眉毛を上下に激しく動かしている。

「あ、あの。あたし、お茶を」

背後で女房どのが腰を上げた。

「いや、すぐ出かけるからいい。バンモク、こっちも話がある。道々つきあえ」

言うともう敷居をまたいでいた。杢之助はつづいた。

「ごめんなさいね」

背後に女房どのの声が聞こえる。

杢之助が訊くよりも、源造のほうから話しはじめた。

「ホトケは五十がらみの女だって噂はながれてるかい」

「いや、そこまでは」

「そうかい。そういう歳の女だ。腹と背を匕首か出刃包丁のようなもので刺されてやがった。着物からどっかの商家の女中のようだが、きのう一日、あの界隈を走りまわったが、身許がさっぱり分からねえ。仏の足を見ると、派手に汚れているうえに擦り疵までこしらえてやがる。ということは遠くから来たってことにならあ。聞き込みの範囲を広げなきゃならねえ。四ツ谷どころか俺の縄張の外までもだ。こいつは厄介だ。この先どうなるか分かんねえ。時間もかかろうよ」

大股で市ケ谷のほうへ向かいながら、なおも早口に言う。

「そこでだ、おめえにゃあ四ツ谷大木戸までいい、街道近辺で揉め事のあった商家はないか噂を拾っておいてくれ。それから、おまえんとこの松と竹だ。あいつらの手が借りてえ。いや、耳が借りてえのよ。きょうかあした行くから二人にそう言っておいてくんねえ」

どうやら市ケ谷の殺しの件は、犯人の目星どころか仏の身許も分かっていないようだ。杢之助にとってはそれが分かっただけでも十分である。

「あゝ、松つぁんと竹さんには伝えておくよ。じゃあ儂はこれで帰らあ。番小屋をあまり留守にはできねえから」

二人の足は外濠沿いの往還に出ていた。

「そうかい。なあバンモクよ」

源造は足を弛《ゆる》めた。源造も他の町では木戸番人を番太郎とか番太などと呼んでいるが、杢之助だけはバンモクなどと呼び、区別をつけている。やはり一目置いている。これまで杢之助の機転に助けられ、解決に至った事件は少なくないのだ。

「八幡町の木戸番がおめえだったなら、とつくづく思うぜ。事件はあそこの木戸番小屋のすぐ近くなのに、そこの番太ときちゃあまったく頼りにならねえ。なにも気づいてやがらねえのよ。ま、そういうわけでよ、松と竹にもよろしく頼むぜ」

源造はふたたび足を速め、李之助はきびすを返した。

（焦っているな）

左門町への歩を踏みながら李之助には思えてくる。源造が松次郎と竹五郎を頼りにしようとするのも無理はない。松次郎は広場や街角でふいごを踏み、穴の開いた鍋や釜を持って集ってきたおかみさんや商家の女中衆を相手に町の噂話に花を咲かせながら作業に入るのだ。

竹五郎は裏庭の縁側に商売道具をならべ、煙管の脂《やに》取りをし、雁首や吸口を挿げ替え、隠居が横に座りこんで、

「どうだね。町でなにかおもしろい話でもないかね」

と、世間話などをし、そのなかに新しい煙管の商いもするのだ。

いずれも聞き上手の話術も大事な商いの武器であり、そこに聞く町々の噂も、売ればすぐその場を離れる魚屋や野菜屋など物売りだけの棒手振とは量も詳しさも断然違ってくる。探索の端緒をつかむには、是非とも欲しい〝耳〟なのだ。その松次郎と竹五郎はいま、李之助からの頼まれごともあり市ケ谷に入っている。帰ってくる夕刻が待たれる。

「おっとっと」

町駕籠が土ぼこりを上げながら杢之助を追い越して行った。足を速めた。

五

清次の居酒屋の奥に変化があった。昼の仕込みに入るにはまだ早く、店の暇なひとときである。奥の部屋から、

「おまえさんっ、おまえさん！」

奥の部屋に入っていた志乃が大声で清次を呼んだ。きのうの早朝以来眠ったままだった〝迷子〟が、

「ウウ、ウーン」

呻きとともに目を覚ましたのだ。

清次はすぐさま東隣の栄屋に連絡し、手代を木戸番小屋に出してもらうと同時に杢之助の留守を見ていたおミネを店に呼び戻した。

その子は目を開け、部屋の天井はもちろん目の届く周囲を見まわし、志乃と清次の顔を見るなり、

「ワッ」

叫び声に近かった。蒲団を撥《は》ね除けるなり上体どころか全身で飛び起き、

「うううっ」

部屋の隅に走り、壁にぶつかりよろよろと崩れるようにその場へうずくまった。怖いもの見たさのように顔を上げチラと志乃と清次をまた見るなり、

「ううっ」

頭を手で覆い、またうずくまってしまった。名はなんという、どこから来たなどと訊ける状態ではない。

「坊、大丈夫なのよ、ここは」

志乃が肩に手をかけた。

「うっ」

身をブルッと震わせ、さらに縮《ちぢ》こまった。

「目を覚ましたって！」

おミネが部屋に入ってきて、

「えぇ！」

部屋のようすに小さく驚きの声を上げた。志乃も清次もただ困惑している。新たな声が耳に入ったのか、その子はふたたびソッと顔を上げた。すぐ近くに腰を落とした

おミネの顔を見つめ、さらに志乃にも再度視線を向け、つづいて清次を見るなり、

「ううっ」

また呻き、顔を伏せた。

（ふむ）

この子にこれほどまでの恐怖を与えたのは、

（やはり男だ）

清次は確信を持った。

「失礼しますよ。どうですか、ようすは」

栄屋の藤兵衛が部屋に入ってきた。ずんぐりした体形に丸く柔和な顔つきである。その子はまた顔を上げ、新たに加わった顔に視線を向けた。怯えたようすは示さず、顔だけをゆっくり伏せた。

（うーん。この子の恐怖の素《もと》は、俺のような男）

清次はさらに解した。

おミネがそっと蒲団をうずくまる男の子の肩にかけた。男の子は撥ね返さず、うずくまったまま凝《じ》っとしていた。

「うーむ」

藤兵衛が事態を察したか考えこむように唸り、

「これは、一坊《いちぼう》に任せるほうがいいかもしれませんねえ」

子供は子供のほうが心を開きやすいと思ったまでである。その瞬間であった。その子は大きく息を吸いながら顔を上げ、言った藤兵衛の顔を見た。

「そうね、太一を呼んでこようかしら。こういう事態だし」

おミネが言った。その子は視線をおミネに向け、そのまま見つめつづけた。横から清次が声を入れた。

「ふむ。一坊に……太一……か。この子の名は、それに近いのかもしれませんな」

その子は清次にもまた顔を向けた。今度はそらさなかった。だが、まだ怯えているようすに変りはない。

「いかん、いかん。こんな小さな子を、大の大人が四人も囲んで」

「そう、そうですよ。あとはあたしが」

藤兵衛が言ったのへ志乃が応じ、

「あたし、ちょいと手習い処に走って太一を」

「それがいい、それが」

おミネが腰を浮かし、清次もそれにつづいた。部屋には志乃だけが、その子を見守るように残った。

　店場で藤兵衛は清次に、

「清次さん、どういうことですか。迷子というから、すぐ解決がつくと思っていたのですが、これはいったい……尋常ではないようですが」

「それは……」

　清次はいくらか困惑気味になり、樽椅子を手で示した。

「うむ。詳しく聞きましょう」

　栄屋藤兵衛は腰を下ろした。

　左門町で、奉行所の同心や与力が配下を引き連れて入ってくるのを嫌うのは、なにも杢之助だけではない。探索の詰所が町の自身番や木戸番小屋に置かれれば、その出費はすべて、同心や捕方たちの接待、飲み喰いの費用まで、すべて町の費《つい》えとなるのだ。そのうえ手伝いの人手まで出さねばならない。それが三日、四日とつづけば膨大な費用となり、町役たちは蒼ざめねばならない。市ケ谷八幡町がいままさにその渦《か》中《ちゅう》にある。

「ちょっと失礼しまして」

　清次は外に出て暖簾を下ろし、縁台も中にしまい込んだ。その動作から、

「清次さん、そこまで……」

藤兵衛はなにやら重大な事件が進行していることを悟った。

「ですから、李之助さんができるだけ穏便にと、いま源造さんのところへ」

清次はその子が市ケ谷に発生した事件に関係する可能性が高く、だとすれば迷子でも捨子でもなく、事件の渦中にあるかもしれないことを話した。

藤兵衛は栄屋の婿養子で、肩身の狭かったところをこれまでも李之助にはなにかと世話になり、家付き店付きの女房が店の番頭と密会を重ねたときには李之助が乗り出して密かに始末をつけ、いまはその女房も番頭もこの世にはいない。その始末に李之助を補佐したのが清次であり、藤兵衛は李之助がただの木戸番人ではなく、清次とは以前からの付き合いがあることも感知している。藤兵衛が左門町に八丁堀の手が入るのを嫌うのは、町の筆頭町役としてだけではなく、そうした背景を自分自身が持っているからでもある。

「うーん」

清次の話を聞き、藤兵衛は呻《うめ》いた。

街道で、李之助の足は左門町に近づいていた。まだ午前《ひるまえ》である。

「ん?」

首をかしげた。古着の栄屋は大戸を上げて人の出入りもあるのに、隣の清次の居酒屋には朝方は出ていたはずの暖簾もなく縁台もしまい込んでいる。商いをしていないのだ。

(何かあった)

李之助は下駄に歯音を立てないまま駈け足になった。

「あっ、おじちゃーん」

向かいの麦ヤ横丁から太一が飛び出てきた。

「おっ、一坊!　どうした」

李之助は居酒屋の前で足をとめた。手習い処はまだ昼めしの休みではない。

「あっ、気をつけろ」

太一が往来人とぶつかりそうになった。

「ほらほら、太一!」

うしろからおミネが軽快な下駄の音とともに駈けてくる。

「これはいったい!?」

李之助は立ちどまったまま太一とおミネを待った。

「おじちゃん、おいらさきに見てくるよ」

太一は嬉々としている。手習いの途中に母親が迎えに来て、公然と外へ出られるのだから嬉しいはずである。

「ちょうどいいところへ、李之助さん。ともかく中へ。あの子が目を覚ましたのですよう」

「うっ、そうか！」

李之助は頷き、太一の開けた腰高障子に飛び入った。

「お、李之助さん。帰ってきなさったか。で、向こうのようすは！」

と、店場ではまだ藤兵衛が清次と向かい合わせに座っていた。

「それよりもあの子は！」

「いま志乃が看ています。その前に」

清次は李之助に樽椅子を示し、

「ん？　なにか」

李之助は怪訝な表情になって応じた。

太一は奥へ駈け入り、おミネもそれにつづいた。

清次は口早にその子が目を覚ましたときのようすを李之助に話し、

「どうやら酷《むご》い目に遭わせたのは男で、しかも若いやつのようで、女には警戒心がなく、安心するような感じで」

聞くととっさに、

（それが市ケ谷八幡で殺された女）

杢之助は思いを走らせた。

奥の部屋では、

「ううう、ぐぐぐっ」

いくらか落ち着いたのか、志乃が用意したお粥《かゆ》をその子はむさぼるように頬張り、三杯目に入ったときに走り込んできた太一が、

「わっ、ほんとだ！　起きてるっ」

大きな声を上げ、

「これ、太一ちゃん。静かに」

志乃の声へさらに店場から杢之助が、

「一坊、騒ぐんじゃないぞ」

声を投げ、それもその子の耳に入ったようだ。その子は不意に手をとめ、口のまわりに飯粒《めしつぶ》をいっぱいつけたまま太一に目をやり、

「イチボウ？　イチボウ」

と、声に出し、太一をしげしげと見つめた。

「んん？　おいらの名だよ」

太一が不思議そうに言ったのへ、

「まあっ、この子！　口をきいた」

志乃が声を上げた。

「えぇ！　じゃあ、さっきから一言も……」

つづいて部屋に入ったおミネも声を上げた。

「どういうことだ」

李之助につづいて清次も藤兵衛もそっと廊下に移り、部屋の中をのぞいた。

「やはり子供には子供が一番だ」

藤兵衛が低い声で言ったのへ、

「それよりも、この子の名前……イチボウ……か、それに近いのでは」

清次が呟くように言った。

「ねえ、坊や。お名前、なんていうの」

志乃がまた肩に手をかけ、あやすような口調で訊いた。こんどは応じた。

「イチボウ……イチ……ヨイチ」

一同の静まり返ったなかに、男の子の小さな声がながれた。一同は解した。

（まわりからはイチボウと呼ばれ、名はヨイチ）

あとで分かったことだが、その子の名は与市《よいち》だった。偶然太一と似ていたのが、この子の心を開いたのかもしれない。

一段落ついたことになろうか。だが、おミネが在所を訊いたのには首をかしげるだけで、歳は指を四本立てたから四歳であろう。

「で、杢之助さん。向こうのようすは」

「儂からも話があります」

廊下で藤兵衛がそっと言ったのへ杢之助は応じた。清次を入れた三人は、ふたたび店場の樽椅子に戻った。部屋の中は四歳の与市と十歳の太一、それに志乃とおミネとの四人の、和《なご》やかさをつくる場となった。

杢之助は藤兵衛の顔を見た瞬間から、相談相手の増えることに了解していた。志乃が与市を見つけた時点から、この件は町全体の問題であり、木戸番小屋と居酒屋だけで処理の困難なことは杢之助にも清次にも分かっており、時の経過とともにその自覚は強まっていたのだ。

杢之助は源造の感触から市ケ谷の探索が頓挫し、これからも進展の見込みがないことを話し、藤兵衛は清次が納戸《なんど》から出してきた、杢之助が〃迷子札〃の代わりだと言う紙片の文字の大きさに、

「間違いないでしょう。大津茂屋か太津茂屋という屋号の請け状に」

と、清次とおなじ見方を示した。

三人は一つの飯台を囲み、互いに顔を見合わせ、頷き合った。一つの、共通の確信が脳裡にながれたのだ。

鍵《かぎ》はいま、

（ここにある）

与市の存在と〃迷子札〃の文字がそれである。

さらに三人は頷き合った。

（ここで処理しよう）

八丁堀を左門町に入れないため、至難の業である。まだ背景は分からぬものの、与市は命を狙われている。市ケ谷八幡町の木戸番人が聞いた――ボウッ、逃げて！――が決め手である。左門町が〃迷子〃を預かっていることはすでに広まっており、早晩それはさらに広まるであろう。防御の態勢を取るとともに、老女中を殺した犯人たち

を八丁堀や源造よりも早く炙《あぶ》り出し、手を打たねばならない。犯人が三、四人であることも、市ケ谷八幡町の木戸番人の言葉から見当はついている。防御はますます困難である。

「手習い処の師匠」

言ったのは藤兵衛だった。

播州姫路浪人の榊原真吾《さかきばらしんご》が麦ヤ横丁に手習い処を開いてから、この界隈の街道で乱暴を働く馬子や酔っ払いの侍はいなくなった。騒ぎが発生するたびに住人が手習い処に駈けつけ、真吾が刀を手に走り出てくればたちどころに収まるのだ。栄屋藤兵衛は店舗《みせ》の丁稚たちの読み書き算盤の手ほどきを真吾に託《たく》しており、かねてより昵懇《じっこん》の間柄である。それに、これは藤兵衛も知らぬことだが、榊原真吾は一目で杢之助の不可思議な腰さばきに気づいている。一度真吾は杢之助に訊ねたことがあるが、

「――人にはいろいろあるものでして」

「――ふむ。なるほど」

杢之助がドキリとして応えたのへ真吾は返しただけで、あとは何も聞かない。それだけではなかった。左門町に事件が発生するたびに杢之助が密かに奔走しているのを知り、

「――おぬし、おもしろい男だのう」

と、一緒に闇を走ったことが何度もあるのだ。

李之助と清次はそのたびに
「――榊原さまこそ、おもしろいお侍だ」

「――へえ、まったくで」

深夜の木戸番小屋で話し合ったものである。それは清次よりもまだ若い、三十代なかばの精悍な侍である。

「きょうにでも儂から事情を話しておきましょう」

李之助は言った。

もちろん策はそれだけではない。最善は、対手が与市の居どころを知る前に先手を打つことである。そのためには、

「源造さんとも、なんらかの形で……」

取り込んでおく。言葉を変えれば、……利用する。そこまであからさまに言うのを藤兵衛は控えた。李之助は言った。

「岡っ引と木戸番人の間柄です。儂がなんとか……」

策は考えている。それよりも、松次郎と竹五郎だ。どのような話を持ち帰ってくる

か、それによって策は動き出すのである。

「待たれますなあ。今宵の夕飯はここでふるまってやってください。むろん、わたしが」

藤兵衛もあの二人に期待する表情をつくった。

奥から、太一と与市のはしゃぐ声が聞こえてきた。

すでに午《ひる》を過ぎた時分となっていた。

六

太一は大喜びだった。これまでは手習いを終えると板場に入って冷たい水で皿洗いや野菜洗いの手伝いだったのが、突然弟ができたように与市から離れず遊んでいるのが仕事になったのだ。だが不満はある。

「――どうして、どうして」

太一は李之助にも清次にも、さらに藤兵衛にも喰ってかかったが、自分の思い通りにはならなかった。

「――与市坊は体が弱く、しばらく外の風にあててはいけないのだ」

理由をつけ、居酒屋の奥か木戸番小屋で遊ぶよう命じられたのだ。事情を詳しく聞かされていないおミネも首をかしげた。だが、杢之助や清次が言うのでは、自分も太一にそう言わざるを得ない。ともかくいまは、与市を〝迷子〟の噂が広がる巷間に出すのほど危険なことはないのである。

杢之助は木戸番小屋に戻った。栄屋の手代が荒物まではならべていなかったが炭火を起こし、焼き芋は商っていた。

「けっこう売れるもんですねえ。町内のおかみさんたち、戸を開けるとわたしがいるものだからびっくりしてましたよ。いつでも留守番しますから」

と、栄屋の店頭と違い、のんびりしたひとときを堪能したようだ。

「藤兵衛旦那と相談し、またお願いするかもしれません」

杢之助は応えていた。そうなる公算は大きいのだ。

手代の背が木戸を出るとすぐだった。おミネではない、駈け寄る下駄の音が腰高障子の外に響いた。

(おっ、来たな)

杢之助は身構えた。

「杢さん、杢さん! なんなのよ、けさから何度も顔を出してるのに。栄屋さんのお人、さっき帰ったみたいねえ」

障子戸を開けるのと同時に息せき切って言う。手代が木戸を出るのを見ていたようだ。左門町の通りの中ほどにある一膳飯屋のおかみさんだ。小太りで小回りが利けば口回りもすこぶる達者である。いったんこのおかみさんの耳に入った噂はたちどころに左門町の通りはもちろん両隣の忍原横丁や塩町、街道向かいの麦ヤ横丁へ広がるのは常のことである。〝迷子〟の噂の仕入れが周囲の住人とおなじか一歩遅れたのがくやしいのか、一膳飯屋ではまだ昼の書き入れ時がつづいている時分である。客足の途絶えた一瞬に駈け込んできたようだ。

「どうなのよ、どうなのよ、どんな子なの。杢さん、午前は御簞笥町の源造さんのところへ相談に行ったんだろう？　おミネさんも志乃さんもそう言ってた。ねえ、市ケ谷の八幡さんで人殺しがあったっていうじゃないか。あゝ、恐ろしい。で、源造さんどうだって？　迷子の親、捜してくれるのかね。それともあたしたちで？」

自分で開けた腰高障子のあいだを埋めるように立ったまま、まくし立てる。

「まだどっちとも言えねえ。あの子ねえ、四歳で名はヨイチといって身許はまだ分からねえ。いまのところ分かっているのはそこまでだ」

早晩知れわたることを伏せておくのはかえって不自然であり、町の住人たちに余計な憶測をさせることになる。

「ヨイチ、ヨイチだね。それに四歳。分かった、まわりにも話してみんなで手分けして当たってみるよ。そんないたいけな子を迷子にさせるなんて、ひどい親だよう、まったく」

「店のほう、大丈夫かい」

「あ、そうそう。忙しい、忙しい」

一膳飯屋のおかみさんは身を返しながら腰高障子を閉め、下駄の響きを遠ざけていった。

「やれ、やれ」

杢之助はすり切れ畳に荒物をならべはじめた。午後からは清次の居酒屋も商いを始めることだろう。

七厘の上の焼き芋をころがし、

（きょうはまだ半日しかたっていないんだなあ）

と、すり切れ畳に胡坐を組み、一息入れてから間もなくだった。すでに手習いの終わる昼八ツ（およそ午後二時）を過ぎている。長屋の誰かに七厘を預け、手習い処へ榊原真吾を訪ねようと腰を上げたときだ。

（おっ。向こうからお出《い》でくださったか）

腰高障子に射した影は榊原真吾である。

「おいでかな」

「これは榊原さま、いま伺おうと思ってたところです」

腰高障子の開くのと杢之助が言うのがほとんど同時だった。

「迷子の件は噂に聞いていたが、きょうおミネさんが太一を呼びに来たのと何か関係がありますのか。杢之助どのに聞けば分かるかと思って」

言いながら真吾は杢之助が荒物を押しのけた座に腰を下ろした。真吾は町内や近辺に出かけるときは無腰で、物言いも気さくでその評判がそのまま手習い処の繁盛につながっている。それに真吾はこれまでの杢之助の闇走りや足さばきから、杢之助を呼ぶのに〝どの〟をつけている。町内に住まう侍が番太郎を呼ぶのにドノをつけているなど、江戸のどこをさがしてもこの町だけであろう。杢之助は住民から奇異に思われるのを恐れ、

「――榊原さま、ドノはおやめくださいまし」

一度頼んだことはあるが、

「――そなたを見ていると、つい出てしまうのでなあ」

と、言うだけで改まることはなかった。周囲の者も不思議とそれをさも自然に受けとめている。

「それなんですよ、榊原さま」

李之助はすり切れ畳の上で、胡坐のまま上体を真吾にかたむけ低声《こごえ》をつくった。そのようすに真吾は、

「うむ」

闇走りのあるかもしれぬことを悟ったか、身を李之助のほうによじった。

与市のようすに〝迷子札〟の紙切れ、市ケ谷八幡町の殺しに源造の動き……低く語られるそこに、真吾の表情は徐々に緊張を帯び、

「いいでしょう。明日から手習いによこしなされ。ひとまず、その子と顔つなぎでもしておこうか。ともかく毎日夕刻までそれがしが預かり置きましょう」

腰を上げ、李之助に振り返ると、

「こたびは町の平穏のためというより、お上に一歩先んじるのがおもしろい。しかも奉行所を誑《たぶら》かそうというのだからなあ」

真吾の表情は満足そうだった。

「いいえ、榊原さま。まだそこまでは。ともかく松つぁんと竹さんが戻ってこないこと

には、どう進めるか決められませんので」

「ふふふ。いずれにせよ前に進まねばならんことには変わりあるまい。対手はいかなる御仁どもかなあ」

興味深そうに言いながら腰高障子を開けた。

おもての居酒屋の奥では、太一があしたから与市を兄貴分よろしく手習いへ連れて行き、八ツを過ぎてからも一緒に手習い処で夕刻まで遊んでいられることに、またまた大喜びすることであろう。

陽はまだ高いが、飲食の店ではいずこもそろそろ夕の仕込みに入るころである。清次の居酒屋も、暖簾を出していた。おもてに出ることは禁じられたものの、太一は奥の部屋で嬉々として与市と遊んでいる。志乃が一度〝迷子〟になったときのようすを聞こうと、

「――お父つぁんやおっ母さん」

言っただけで与市は小さな身をワナワナと震わせはじめたのに驚き、そのあとは清次もおミネもそこには触れないことにしている。

その居酒屋の前を、

「あの迷子の親、もう見つかってんじゃねえかなあ」

「だとすりゃあ、あとは八幡さんの殺しだけってことにならあ」

言いながら松次郎と竹五郎が通ったのは、奥の部屋で太一が与市と相撲をとり、勝ったり負けたりしてやっているときだった。

すぐ横が左門町の木戸である。普段より帰りがかなり早い。きょうは二人とも客に恵まれ、めまぐるしく動いて一段落着けるのも早かったのだろう。忙しいからといって来る仕事をすべて受けていたのでは、途中で日がくれてしまうのだ。とくに一つ一つに時間を取る鋳掛屋の松次郎などは、

「――すまねえ、またあした来らあ」

順番を待つおかみさんや女中さんに詫びを入れ、店じまいをすることがよくある。翌日の場所と仕事を確保しておくためである。

「おう、杢さん。帰《けえ》ったぜ」

触売《ふれうり》で鍛えたよく通る声で、腰高障子を開けるにも勢いがあった。松次郎は肩から天秤棒を降ろすだけだが、竹五郎はまだ外で背の道具箱に手間取っている。

「聞いたぜ、聞いたぜ、杢さん。大津茂屋《おおつもや》」

松次郎は言いながら大股で敷居をまたぐ。それを言いたくって早く帰ってきたよう

でもある。

「ほう。そうかい、そうかい」

杢之助はまだかたづけていなかった荒物を手で押しのけ、二人分の座をつくった。

「あったぜ、太津茂《たづも》じゃなくって大津茂屋だ」

「で、どこのどんな商いの店舗《みせ》だい」

腰を下ろしながら言う松次郎に杢之助は内心の期待を抑え、問い返した。

「おう、竹よ。なにをモタモタしてやがんだ。早くこっちへ来て話しねえ」

どうやら聞いたのは竹五郎のようだ。その竹五郎が背の道具箱を外に降ろすあいだにも角顔の松次郎は、

「なにぶん俺っちのお得意さんは女衆がほとんどだからなあ、よその町のお店《たな》などあんまり知っちゃいねえ」

「八幡町のお店じゃねえのか」

「市ケ谷どころか、もっと遠くの町というより、宿場だった」

杢之助の問いに、ようやく三和土に入って腰高障子を閉めた竹五郎が応《こた》え、松次郎の横に腰を下ろすと杢之助のほうへ身をよじった。

市ケ谷八幡町の何軒目かに入った商家の裏庭の縁側で、隠居の話し相手をしながら

煙管の雁首を挿げ替えていた。以前から竹五郎の彫った素朴な竹笹の文様を気に入ってくれているお得意さんの一軒である。職種は大八車を何台もそろえ、人足たちの長屋までそなえている伝馬屋《てんま》（運送屋）である。隠居は言ったそうな。

「――太津茂屋など知らねえが、大津茂屋っていうのなら伝馬の同業《うち》にあるぜ。板橋《いたばし》宿《しゅく》だ。おめえさん、そんなほうにまでお得意さん持っているのかい。ま、大津茂屋の大八車、ときどきこっちのほうにも来るからなあ」

「――いえ。まあ、そんなとこで」

竹五郎は言葉をにごし、話題はすぐに八幡宮下の殺しに移ったという。その話なら松次郎のほうが断然多く耳にしている。だがいずれもが、

「――いったいどこの女中さんなのだろう」

「――この界隈で揉め事があったなんて聞いたこともないし」

であった。松次郎と竹五郎でもそうなのだから、源造などはまったく手掛かりのかけらもつかんでいないことになる。もちろんそれらの話のあい間に迷子の話も出た。

松次郎や竹五郎のほうから、

「――四ツ谷のお人が迷子を一人預かってるんですが、こっちの町に心当たりの人はいませんかい」

と切り出したのだが、その答えも、

「――そりゃあ大変だねえ。こっちじゃそんなの聞いたことがない」

「――火事でもないのに子供を見失う親なんて、市ケ谷にいるもんかね」

などの類《たぐい》ばかりだった。

「そうかい。訊いてくれただけでもありがたいや。帰りが早かったようだが、晩の腹ごしらえはまだなんだろう。おもての清次旦那のところへ行きねえ。なにぶん町のことだから、隣の藤兵衛旦那が面倒みたいって言ってなすったよ」

「おっ、そいつはありがてえ。栄屋の藤兵衛旦那、筆頭町役さんだからなあ」

「その前にひとっ風呂浴びようぜ、松つぁん」

「おう、そうしょう。そのほうがいっぱい喰えるぜ」

松次郎と竹五郎は商売道具を長屋に運び、迷子と大津茂屋の屋号がどう関係するのかも訊かず湯屋に急いだ。タダ飯に釣られたのではない。一つひとつに詮索など入れず、多くを聴き多くを語るのが棒手振稼業の話術であることが二人には身についている。江戸っ子はコイの吹き流しで腹に一物もないのだ。

「さあてと」

杢之助は隅に押しやった荒物のかたづけにかかった。七厘に炭火は残っているが芋は載っていない。外ではまだ高いと思っていた陽が西の空にかなりかたむいている。如月《きさらぎ》（二月）といえど落ちはじめた太陽は速く、このあと急速に夜が訪れる。

収穫は大きかった。与市が板橋宿の伝馬業大津茂屋のせがれで、市ケ谷八幡町で殺害されたのは大津茂屋の老女中……杢之助の脳裡に一本の線が見えてきた。老女中は四歳の与市をかばって殺され、与市は深夜の街道を一人で駈け、左門町で力尽きた。さらに、板橋宿の大津茂屋とかでなにがしかの異変があったことになろうか。ふたたび杢之助の背筋にゾッと走るものがあった。やはり、

（そこに許せねえような）

事態が発生したことが想像できる。だが、そうした噂はながれていない。無理もない。四ツ谷大木戸向こうの内藤新宿が日本橋から甲州街道の最初の宿駅なら、板橋宿は中山道《なかせんどう》の最初の宿駅なのだ。まるで方向違いで距離もある。街道筋を違えればそれだけ噂の伝わるのも遅く、伝わってこないことだってある。

七

陽は落ちた。暗くなる前に七厘の炭火から油皿の灯芯に火を取った。

（松つぁんと竹さん、いまごろ清次の居酒屋で一杯やっているころかな）

　思ったときである。

「おっ、来なすったな」

心中に呟き、期待の念をもってすり切れ畳の上で腰を浮かした。

「おう、バンモク。いるかい」

だみ声とともに腰高障子が激しく動いた。源造である。いつもなら上下に大きく動いているはずの太い眉毛が動いていない。それよりも、薄暗くなったなかにも疲れきった表情なのが分かる。

「やあ、けさほどは。で、どんな具合いなんだい市ケ谷は」

結果は分かっている。杢之助はいくぶん皮肉のこもった口調になっていた。

「どうもこうもあるかい。一日足を棒にしたって手掛かりの塵《ちり》一つ落ちちゃいねえ」

源造は吐き捨てるように言い、腰をすり切れ畳に投げ下ろした。

「そこでだ。仏《ほとけ》は市ケ谷の者じゃねえってことに落ち着いてよ、犯人の探索よりも女の身許割り出しが先決で、その範囲を奉行所の方針として広げることになった。つまり、俺の縄張《しま》は四ツ谷だ。こっちだけでも丹念に洗わなきゃなんねえ。頼むぜ、バンモク」

「岡っ引稼業も苦労するねえ。で、八丁堀の旦那衆はどうなんだい。範囲を広げて、こっちにも出張りなさるのかい」

「それよ」

源造は片足をもう一方の膝に乗せ、上体を杢之助に向けた。杢之助は緊張した。

（まさか、ここを探索の詰所《つめしょ》に）

違っていた。

「どうもこうもあるかい」

源造はまた言い、

「八丁堀の旦那よ、市ケ谷までおまえに預けておくのは荷が重いようなら、誰か人を入れてもいいんだぜ、なんてぬかしやがってよ。ご自分らはホトケだけ残してさっさと八幡町の自身番から引き揚げなすっちまったい」

「ふむ」

杢之助は頷いた。同心のその言葉が源造にことさら堪《こた》えるのには理由がある。もともと源造の縄張は四ツ谷一帯で、それだけでもけっこう広い。そこへもって以前の市ケ谷の岡っ引がけっこう阿漕《あこぎ》で評判が悪かったのに目をつけてこれを締め出し、自分の縄張にしてしまったのだ。門前町があって実入りの多い地域である。そこに喰い込もうとする者はあとを絶たず、そのたびに源造は防いできたのだ。そこに発生した殺しになんら打つ手がなかったとなれば、源造はせっかく得たその縄張を失いかねないのである。

(源造は、焦っている)

杢之助には感じられた。だが、

「しっかりしなせえよ。で、八丁堀の旦那衆が引き揚げなすったてのは、いったいどちらへ？」

そのほうが杢之助には気になる。外はすでに暗くなり、部屋の中では灯芯一本の灯りのほうが目立ちはじめている。そのなかに、

「それよ」

源造はさらに身をよじり、

「こんなときに、板橋くんだりにでけえヤマが起きやがってよ」

(うっ)

杢之助は胸中に響かせたものを堪《こら》えた。源造はつづけた。

「極悪非道、一家皆殺しの盗賊よ。それが出やがって、八丁堀の旦那衆はそのほうへ出張りなすったい。確か、押し入られたのは、なんとかいってたなあ、伝馬の商家ら

しいが」

源造が答えを持ってきた。だが、八丁堀が出張るといっても、江戸町奉行所に府外である板橋宿に捜査権はない。中山道沿いの府内に手掛かりはないか、賊どもが府内に入った形跡はないかを調べるだけである。

「ほう、源造さんよ。そんなとこへ腰掛けてねえで、畳はすり切れているが、上がって落ち着きねえよ」

「なんだい、気色悪いなあ。同情してやがんのか」

「そうじゃねえ。源造さん、その伝馬っていうのは、大津茂屋っていわなかったかい」

「そう、大津茂屋だった。えっ、なぜそれを知ってやがる！」

源造は草履《ぞうり》を足から投げ捨て、すり切れ畳に上がり込んだ。

「おめえ！」

胡坐とも膝を崩したともつかぬ格好で源造は杢之助に身を近づけた。杢之助は受けた。

「源造さん。あんた、ここで一つ、手柄を立てなさらねえか」

「ど、どういうことだい」

源造は身を建て直し、ようやく胡坐のかたちをつくった。

　李之助は話した。

（いま、源造をこの場で取り込んでしまおう）

　とっさの判断である。すでに〝迷子〟の噂も〝与市〟という名も賊の耳に入り、今宵にも左門町に探りを入れてこないとも限らないのだ。

「そうか、迷子の話、すっかり忘れてたぜ。ふむ、大津茂屋のせがれで四歳、与市ってえのか」

「そうだ。繫がってるとは思わねえか」

　李之助の言葉に源造はみょうに落ち着き、眉毛だけを小刻みに動かしはじめた。

「思うどころか、大つながりだぜ。で、俺にどうしろと……？」

「その子さ、左門町じゃなくって、源造さんが事態を察して密かに預かっていたことにすればいい」

「えっ、できるのか！　そんなことが」

「できるさ。この町の筆頭町役の藤兵衛さんも手習い処の榊原さまも、その気で手を貸してくださろうよ」

「ふむ」

源造の低く唸った声が、灯芯一本の明かりの中を這った。第三の事件を四ツ谷に誘い込み、手柄を源造一人のものにする。できないことはない。板橋宿の一家皆殺しと市ケ谷八幡宮の殺しは一つの事件なのだ。源造の太い眉毛が、激しく何度も動いた。

そのあとしばらく二人の話はつづき、

「まあまあ、これは源造親分。こんな夜分によくお越しくださいました。さっき松次郎さんと竹五郎さん、帰ったばかりなんですよ」

杢之助と源造が二人そろって清次の居酒屋に顔を出したのを、志乃が愛想よく迎えた。源造が店に来たときの応対を志乃は心得ている。

「おまえさん、熱燗を」

板場の清次に声をかけた。客はおらず、おミネが暖簾を降ろそうとしていたときだった。左門町では場所柄、夕刻に来る客はこれから内藤新宿の花街に繰り出す前にちょいと一杯ひっかけて行こうかというのがほとんどで、暗くなってから客足が絶えるのはけっこう早く、そのときにいつも暖簾を降ろしている。きょうは松次郎と竹五郎が最後の客となったようだ。

「おミネさん、じゃあきょうはこれで。あとはあたしが」

「おう、そうさせてもらいねえ。儂と源造さんだから遠慮はいらねえ」

李之助も言い、板場から顔を出した清次も李之助と目を合わせ、頷いていた。常のことだが、おミネを事件に巻き込むことはできない。

「そうですかあ、じゃあ暖簾だけでも」

おミネはこれ見よがしに暖簾を源造の目の前でたたみ、

「太一、帰りましょう」

洗い場で手伝いをしていた太一を呼んだ。店に来てはタダ飲みにタダ喰いをする源造を、おミネは嫌っている。おミネもまた江戸っ子で、腹に一物もないのだ。さすがに与市はまだ疲れが残っているのか、夕暮れとともに奥の部屋で寝入ってしまったようだ。

「源造さん、残り物で申しわけありませんが」

清次も板場から愛想よく声をかけ、すぐ飯台の上には残り物にしては豪勢な焼き魚や豆腐が熱燗とともにならんだ。

「ねえ、清次旦那。さっきも源造さんと話したのですが、あの〝迷子札〟の紙切れねえ、やはり源造さんに預かってもらってはと思いましてね」

李之助のその言葉で、清次は源造を取り込む策の進み出したことを悟った。源造はさっそく志乃の出してきた紙片を掛け行灯《あんどん》の灯りにかざし、

「ふむふむ、津茂か。バンモクの言うとおり、大津茂屋の文字に間違いあるめえ。大事な物《ぶつ》だ。預かっておくぜ」

さも大事そうに紙入れに挟んでふところへ入れ、

「ところで、その与市とやらの面《つら》を見せてもらおうか。清次旦那と志乃さんにはご苦労をかけやすが、賊どもを釣る大事な餌《えさ》だ」

「エサ?」

さすがに志乃が反発し、ひとこと言いそうになったのを清次は手でとめた。

奥の部屋に入り、手燭《てしょく》をかざして与市の寝顔をのぞきこみ、

「ふむ。こいつぁ大店のせがれだ。品のある面じゃねえか」

源造が低い声で言ったときだった。

「うううっ」

与市は呻き声を上げ小さな身をそらせたかと思うとすぐまた、

「ううっ」

蝦《えび》のように曲げた。

「これは!」

源造が驚くなか、志乃は耳元に顔を近づけ、

「市坊、市坊。怖くないのよ。大丈夫よ」

息を吹き込むようにささやいた。与市の身はもとに戻った。

店場に戻り、

「やはりバンモクの診立《みた》てたとおり、よほど怖ろしい体験をしたようだなあ」

源造は呟いたものである。

「えゝ。可哀想に、あれを何度も」

志乃は言っていた。

二合徳利の熱燗も空になり、肴《さかな》もなくなったころ、

「じゃあ、あしたからだ。やってやろうじゃねえか」

源造は志乃の出してきたぶら提燈を手に、上機嫌で暗闇の街道に出た。その肩の張り切っていることが、杢之助にも清次にも看《み》て取れた。

そろそろ木戸を閉める夜四ツ時分である。街道にチラホラと動く提燈の灯りは、内藤新宿から帰りの酔客か、なかには提燈なしの影もあった。杢之助は一度木戸番小屋に戻り、

「火のーっ、よーじん」

拍子木の音とともに声を左門町の通りにながし、木戸を閉めて戻ってきたとき、す

り切れ畳の部屋には清次が待っていた。居酒屋からは、木戸を通らずとも裏庭の垣根を越えて木戸番小屋と行き来できる。

「いいか、清次。おめえは手を出すんじゃねえぞ。おめえがこうしてここで志乃さんと一緒に、ただの市井《しせい》の旦那でいてくれるから、儂は身に降る火の粉を払うこともできるのだ」

「へえ」

不満げながらも清次はコクリと頷き、

「いよいよ始まるのですね」

杢之助に視線を向けた。

「いや、もう始まっておる。さっき街道に胡乱《うろん》な影があった。提燈を持たねえ影だ。噂を耳にし、もう見張られているようだ」

「さようで」

清次の口調は落ち着いていた。あたりはもう寝静まっている。緊張が左門町木戸番小屋の、九尺二間の中に満ちた。

殺しは世のため

一

「よしっ」

李之助が掻巻《かいまき》を蹴り、蒲団から跳ね起きたのは腰高障子へかすかに明るみが射しはじめた時分だった。日の出にはまだ少し間がある。

（ちと早いが）

おもてに出て木戸を開けた。まだ納豆売りの姿も豆腐屋の影もない。いつもなら木戸を開けるころには李之助が番小屋から出てくるのを街道で待ち、

「ここの木戸がいつも一番早いのでありがたいよ」

と、左門町の通りに入ってくるのだが、きょうはそれがない。代わりに、木戸のすぐ脇でコトリと音がした。清次の居酒屋である。雨戸がほんの少し開いた。下駄履きの杢之助は腕や背筋を屈伸させせながら近づいた。ほんの十数歩である。開けた雨戸のすき間からのぞいている目は、いつも縁台を軒端《のきば》に出している志乃ではなく、清次だった。杢之助はその前にさりげなく立った。口がわずかに動いた。

「気配は？」

「ありやせんでした」

「ふむ」

杢之助は安堵《あんど》したように頷き、木戸のほうへ引き返した。昨夜、街道にチラホラ見える提燈の火に混じり、灯りを持たない影があったのを意識している。数は確認できなかったが、いまもいずれかより見張られているのを想定しているのだ。

木戸番小屋に戻り、ふたたび出てきたとき、ちょうど豆腐屋が盥《たらい》を両天秤に木戸を入ってきたところだった。

「おや、左門町の木戸番さん。その格好はいったい」

思わず豆腐屋は天秤棒を担いだまま立ちどまり、杢之助に声をかけた。日の出の明け六ツの鐘が一帯に響くなか、木戸番小屋脇の長屋では路地に人影が出て、釣瓶《つるべ》に水音を立てようとしているころである。杢之助の出《い》で立ちは、手甲脚絆《てっこうきゃはん》に草鞋《わらじ》を結び、道中笠まで頭に載せ顎《あご》で紐を結んでいた。旅姿である。

「これは豆腐屋さん。もう聞いているでしょう、この町での迷子のこと」

「あゝ、あれ。大変でござんしょうねえ」

「それがどうやら板橋宿の子供らしく、いまから確認に行くところですよ」

「ええ、木戸番さんがそこまで！」

「はい。では、さきを急ぎますんで」

　杢之助は、

「ご苦労さんです。お気をつけなすって」

　豆腐屋の声を背に街道へ出た。志乃が外に出て雨戸を開けていた。早朝とはいえ街道には徐々に人が出はじめている。そのなかでも勢いよく、

「おかみさん、もう出来ておりますかい」

「はい、さっきから」

　志乃も大きな声で、開けたばかりの店の中に杢之助を招じ入れた。さきほど下駄履きで雨戸のすき間の前に立ったとき、果たして杢之助の目は居酒屋に注がれる視線を受けとめていた。向かいの麦ヤ横丁の角からと、東隣の忍原横丁のあたりからも……

いずれも町人の旅装束で、道中脇差は帯びていなかった。この早朝時分、街道では最も怪しまれない出で立ちである。もちろん、それらを杢之助は清次に目配せで知らせている。志乃もそのつもりで、わざと大きな声で杢之助を迎えたのだ。

杢之助はすぐに居酒屋から出てきた。入るときにはなかった振分け荷物を肩にかけている。飲食の店に入って出てきたのだから、見る者にはそれが弁当であることは見当がつくだろう。

やはり見ていた目があった。場所は違うが、さきほどとおなじ雰囲気の旅装束の男たちである。一人は西隣の塩町の角から、さらに東隣の忍原横丁のあたりからは街道をゆっくり歩きながら目を注いでいる。人数は三人、

（八幡町の父《とっ》つぁんの耳に狂いはなかったようだな）

思われてくる。だが、面体までは確認しなかった。確認すれば目が合い、意識していることを相手に気づかれてしまう。ということは、居酒屋に視線を注いでいる男たちも、木戸番人風情の老いた面体など確認していないことになる。杢之助もすぐに笠をかぶり、見送りに往還まで出てきた志乃に指を立てて人数と方向を示し、なにくわぬようすで四ツ谷御門のほうへ向かった。

（あとは清次に任そう）

胸中に念じている。

すべてに先手を打つには、相手の動きを誘い、その影の正体を早くつかまなければならない。いまこの時期なら、杢之助や清次がどんな動きをしようと、八丁堀に目をつけられる心配はない。隠密同心が出ていたとしても、いまは市ケ谷近辺か中山道のほうへ分散しているはずだ。奉行所の役人たちは、板橋宿と市ケ谷の事件が、まして四ツ谷左門町の〝迷子〟の件まで一連のものとはまだ想像すらしていない。単独の手柄を狙う源造が、それをわざわざ八丁堀へご注進に及ぶことはさらにない。

さきほどの豆腐屋は木戸番小屋横の路地へ入り、長屋の住人たちにこの町の木戸番人が板橋宿へ向かったことを話すだろう。そこにはおミネがおれば松次郎も竹五郎もいる。

「えっ、板橋？　やっぱりあれがそうだったのかい、大津茂屋ってのがよ」

「大津茂屋って？　そういえば与市ちゃん、かなり話もするようになっていたから」

松次郎が言えばおミネがつづけ、

「それで杢さん、こんなに早く板橋宿へ。ご苦労さんだねえ」

竹五郎も言っていることだろう。そこへ納豆売りも加わり、朝のうちに町内一円へ噂は広がるはずだ。あくまでもそれは、〝迷子〟という個別の出来事としての噂であ

る。親元が分かれば、

「もう解決したようなものだ」

それらの口は言うだろう。

朝の早い段階で、町の声は李之助が人数だけ確認した三人の耳にも入ることになろう。対手の動きを誘うには、餌《えさ》は真実に近いほうが効果は大きい。その動きを、清次は居酒屋から見届けることになる。相手は少なくとも三人である。これから時の経過とともに、さらに詳しいことが分かろう。李之助も清次も、

（よし、この調子だ）

感触を得ている。李之助が板橋宿へ向かったのは、源造が八丁堀から聞き出した板橋宿大津茂屋の一家皆殺しと、四歳の与市との関連を確認するためである。それはまた、源造からの頼みでもある。八丁堀より早く事実関係を確認するため、その日のうちにとんぼ返りをする算段だ。その間の与市の無事は、麦ヤ横丁の手習い処で榊原真吾が護ってくれる。それからの算段は、

（ない）

だが、結果は……ある。

（左門町に敵を引きつけても、第三の事件現場にはしない）

ことである。

その左門町で動きはあった。胡乱《うろん》な三人は、李之助や清次の想像よりも早く動きはじめていた。〝真実〟の餌が、効きすぎたのかもしれない。

李之助が街道を四ツ谷大木戸のほうへ向かったすぐあとである。志乃は往還の軒端に縁台を出し、腰高障子の出入り口に暖簾を掲げた。中に入るとすぐだった。旅装束の男が三人、右と左から申し合わせたように歩み寄ってきて、ほとんど同時に出されたばかりの縁台へ腰を下ろした。李之助が目配せと指で示したあの三人だ。東の方向にいま太陽の赤みが射したばかりである。

志乃は暖簾から顔を出し、

「いらっしゃいませ」

声をかけ、すぐ一杯三文のお茶の用意にかかった。もちろん、

「おまえさん、李之助さんが言った三人がいま縁台に」

板場で湯を沸かしていた清次に告げた。

「うむ」

清次は頷き、店場に出て暖簾の中からそっと外を見た。

「うぅっ」

低く驚愕の呻きを洩らし、

「志乃、任せるぞ」

言うなり裏手から木戸番小屋のほうへ出て、さりげなく木戸の内側から三人を窺《うかが》った。四十がらみで自分と年格好の似たのが一人、与市が目を覚ましたとき、清次を見て顔を引きつらせたのはその男を連想したからであろう。もう一人は三十がらみで、角張った松次郎の人相を悪くしたような風貌をしている。もう一人はまだ十代か二十歳《はたち》になったばかりか、これといった特徴はないが顔相はよろしくない。

(間違いない。木挽《こび》きの宗三《そうざ》だ！)

清次は胸中に吐き、全身に鳥肌の立つのを覚えた。視線は四十がらみの男に釘付けている。

その男の言っているのが聞こえる。

「牧太《まきた》に半次《はんじ》。正念場と思え。落ち着くのだ」

そこに返事を返した順からいえば、三十がらみの男が牧太で、一番若いのが半次というようだ。

暖簾が動いた。志乃が盆を持って出てきたのだ。清次はすぐ裏手に戻り、素早く店の中から外のようすに耳をそばだてる態勢をとった。

聞こえる。

「姐《ねえ》さん。俺たち、きのうの夜遅く内藤新宿に入っていま江戸入りしたばかりだが、さっきここから出て行った人もそうかね」

　宗三の声のようだ。

「いいえ」

　志乃は笑いながら湯呑みを縁台の上へ置き、

「この町で迷子を預かっていましてネ。その親御さんがどうやら板橋宿の人らしく、ほれ、町の木戸番さんがそれを確かめに出かけたのですよ」

「えっ、その迷子！　四歳くらいのガキで⁉」

「やっぱ、ここに！」

　牧太に半次とやらがほとんど同時に反応を示し、木挽きの宗三が慌てるように制している雰囲気を清次は感じ取った。与市という四歳児の生存が、三人の死活問題であることにもう疑う余地はない。同時に、木挽きの宗三が若い二人に落ち着けと言っていた理由も分かったような気がする。牧太と半次の二人は、悪党の道にまだ慣れていないようだ。

　しかしこのまま事が推移すれば、やがて二人は、木挽きの宗三の色にどっぷり浸かることになろうか。それだけまた血が流れ、いわれなく命を奪われた板橋宿の大津茂屋とおなじ運命をたどる商家が増えることになるのかもしれない。

二

清次は店の中に身を引いたが、動悸がとまらない。与市の存在が、さらにその与市を守ろうとする動きが、それこそ杢之助と清次にとっても死活問題となったのだ。

（打つ手は）

杢之助はいま、左門町を離れたばかりである。

木挽きの宗三と清次が会ったのは、十数年前のことになる。夜の江戸の町に雲のごとく現われ音もなく去る白雲の一味が跋扈《ばっこ》していたころだ。商家の土蔵が破られ、お宝が持ち去られたそこに、一滴の血痕もなければ遺留品もない。だが、そのような白雲一味の盗みは手間ひまがかかる上、持ち出すお宝も雲のように去るのだから嵩《かさ》が限られる。一味の中に不満の声が出るのは、それが盗賊とあっては当然だったかもしれない。そこで白雲の頭《かしら》が仲間にと目をつけたのが、木挽きの宗三であった。

樵《きこり》上がりの盗賊で、北の奥州街道一帯を稼ぎ場とし、常に一人働きで見つかれば女であろうが子供であろうがなんのためらいもなく斬りつけ、あるいは刺し、屈強そうな男であれば惜しげもなくお宝を投げ捨て、塀を乗り越え屋根を猿のごとく走り逃げ去った。樵仲間から宗三の名は知られ、その身軽さと刃物をいとも簡単に振るう所業から〝木挽きの宗三〟などと言われた。常習化し、二つ名で呼ばれるようになれば盗賊も〝一人前〟である。

白雲の一味でその木挽きの宗三を知る者がいた。頭は副将格である李之助の反対を押し切ってその者に命じ、つなぎを取るのに半年ほども歳月をかけ、宗三を江戸に呼び寄せた。頭は喜んだが李之助はなおも反対し、宗三と会いもしなかった。副将格である李之助の頑《かたくな》なまでの反対に、頭も分裂するよりはと宗三を奥州路に返さざるを得なかった。宗三を探し出してつなぎをとり江戸に連れてきた仲間は、やむなく奥州街道最初の宿駅である千住宿《せんじゅじゅく》まで見送った。江戸を去る前日、木挽きの宗三は、

「――ふん、あれが李之助ってえ野郎かい」

と、陰からソッと李之助の横顔を睨みつけたものである。

李之助もそのとき、清次に命じていた。

「――おめえも千住宿まで一緒に行き、千住大橋の向こうへ宗三が去るのを確認するのだ。江戸へ出てきた駄賃に、見送りの野郎と組んで血を流すような急ぎ働きをしね

えか気をつけろ」

清次は言われたとおり、千住大橋まで仲間の一人とともにつき合った。だから杢之助は木挽きの宗三と口すらきいたことはないが、清次は冷たい目付きの宗三の顔も声もはっきりと覚えている。日本橋の呉服屋に押し入ったときの出来事は、それから間もなくのことだったのだ。

その顔が、また声が、いま清次の居酒屋の縁台に座り、志乃に〝迷子〟のようすを訊いているのである。

動悸を抑えながら、

(木挽きの宗三、まだ非道を踏んでやがったのか。ならば、牧太に半次とかはその手下で徒党を組み……)

思われてくる。

「で、その迷子はこのお店《たな》に……？」

「えゝ。店《うち》だけじゃなく、町内のみんなに見守られてネ」

志乃は応えていた。対手の動揺を誘う攪乱策である。

木挽きの宗三を中心に、三人は湯呑みを手に焦ったように顔を見合わせていた。

木挽きの宗三が牧太と半次を手下のようにしたのは、中山道で板橋宿から三つ目の大宮宿《おおみやしゅく》であった。それも、ほんの半月ばかり前のことである。徒党を組んだといっても、まったくのにわか仕立てのことであった。

大宮宿は一ノ宮氷川《ひかわ》大明神の門前町を擁し、日本橋から七里四丁とあっては江戸府内からの参詣人も多く、近辺の宿場町をしのぐ賑わいがあった。その一角の賭場《とば》である。奥州から流れてきた木挽きの宗三がちょいと手慰みにと覗《のぞ》いた盆茣蓙《ぼんござ》に、

「くそーっ。銭など稼ごうと思やあいつでも稼げらあ。俺ア荷運び人足で、中山道の賭場なら全部知ってるからよう」

息巻きながら負けつづけている若い男がいた。半次である。もう一人、

「どうもここんとこ運《つき》がまわらねえ。また金の成る木でも見つけりゃあ遊びに来まさあ」

三十がらみで、半次よりも落ち着いた感じの遊び人風の男がいた。無宿人の牧太である。宗三はこの二人に目をつけた。

盆茣蓙のあと、氷川大明神の門前町の飲み屋で、半次と牧太に軽く一杯飲ませた。

「おめえ、若えのに中山道には詳しいんだって？」

「あたりめえよ。俺ア板橋宿の荷運び人足だったからなあ。中山道なら上野《こうずけ》は高崎《たかさき》の

ご城下にまでだって行ったことがあらあ」

「だったとは？」

半次が過去の言い方をしたのへ宗三は問い返した。

「そうよ、あんな厭味《いやみ》たらたらでケチな親方に、話の分からねえ仲間ばかりのとこなんざ、とっとと俺のほうからやめてやったい。いまじゃ気がせいせいしてやすぜ」

さも憎々しげに半次は言い、ぬる燗《かん》の湯呑みを呷《あお》った。その〝やめてやった〟ところが、板橋宿の大津茂屋だったのだ。

「ほう」

木挽きの宗三は頷いた。どうやら大津茂屋であるじからいつも叱咤《しった》され、人足仲間からも除け者扱いにされていたのだろう。もちろん〝やめた〟のではなく、やめさせられたのであろう。それもつい最近……。博打《ばくち》の元手《もとで》欲しさに店の銭をくすねたのかもしれない。

牧太にも宗三は訊いた。

「金の成る木ってなんだい。中山道のどこかにそんなおもしれえ木でも生えてるのか」

「そんなの、中山道だけじゃござんせんでしょ。どこの街道にだって転がっているん

「へへ、さようで。金の成る木は、いつも動いてまさあ」

　問い返したのへ、みょうな答え方をする。無宿人の牧太は応えた。旅籠《はたご》で同部屋になった泊り客の胴巻きからちょいと小銭をくすねたり、ときには夕刻の街道で追い剝ぎのまね事もしていたようだ。いずれにしてもケチな稼業である。

　以来、決まった塒《ねぐら》を持たない牧太と半次は、奥州街道から流れてきたという宗三を頼りになると思ったか、身辺から離れなかった。そこでつれづれに聞く、商家に押し入っての盗み働きの数々へ目を輝かせ、宗三が〝木挽きの〟などと二つ名を取っているることにも崇《あが》めるような態《てい》を示し、

「お頭《かしら》」

　などと称《よ》びはじめた。

　それからほんのわずかの日数しか経ていない。〝木挽きの一味〟は計画を立てた。板橋宿の大津茂屋に押し入ることである。大津茂屋の内情は、調べなくとも半次が詳しい。店は街道に面しているが宿《しゅく》の隅《すみ》にあって、親方夫婦の住まいはその裏手で人足たちが寝泊まりする長屋は店の向かい側にある。押し入るのは裏手の住まいである。

金はそこにあり、多少の物音なら街道にも、まして向かい側にまでは聞こえない。家の間取りも分かっている。

宗三は考えた。

（皆殺し）

である。牧太と半次に度胸をつけさせ、いっぱしの盗《ぬす》っ人《と》に育て上げるには、

（最初が肝腎）

立ち上がりにそれをやらせておけば、

（あとはなんでもできる）

押し入った。日の入り間もなくであった。深夜のうちに遠くへ逃げる時間をかせぐためだ。修羅の場は演じられた。さすがは盗みに慣れた木挽きの宗三か、間取りも寝所も人数も分かっておれば時間は要しなかった。あるじ夫婦は宗三が刺し、女中一人と下男は牧太が震えながら葬り、五十両ばかりを手にした。

「ずらかるぞ！」

宗三が言ったときだった。

「お、お頭！　おぉ、おれは！　ま、まだ」

極度の興奮状態で言ったのは半次だった。半次の役目は一番殺《や》りやすい無抵抗の老

女中と四歳児の与市だった。だが、部屋にはいなかった。与市坊は厠《かわや》に立ち、老女中がつき添っていた。それを半次は見つけられなかった。

「馬鹿野郎！」

宗三は半次を殴りつけ、

「おめえが捜《さが》し出し、とどめを刺すのだ！」

命じた。盗賊の手順として間違ってはいない。あたりはすでに暗く、廊下の隅にうずくまっていても分からない。間取りに詳しくなければ捜せない。

「へ、へい！」

半次は匕首《あいくち》を握りしめ、闇の屋内に手探りをした。

時間ばかりがたつ。

老女中は厠で事態を察し、与市坊の口を押さえ店場のほうへ逃げていたのだ。血の臭いが恐ろしいのか半次は母屋を逃れ店場のほうへ足探りで向かった。

「ククツ」

子供の唸《うな》り声を聞いた。帳場格子の中に、老女中と与市坊はうずくまっていた。

「こ、ここ、ここにいやがったかあぁ」

半次は喚《わめ》いた。声で分かったか、

「お、おまえは半次っ。ヒーッ」

老女中の声は大きかった。半次は飛びかかろうとした。が、

「ううううっ」

足が動かない、手も動かない。帳場格子が倒れた。老女中は与市坊を抱え逃げた。

声と物音は宗三と牧太にも聞こえた。駈けつけた。そこに突っ立っているのは半次だけだった。事情を知り宗三は再度半次を殴りつけ、

「追うのだ！」

二人に命じた。宗三の判断は悪くない。逃げたとなれば、かならず人のいる街並みへのはずだ。

宗三は二人を急かし、暗闇のなかを走った。だが、おかしい。街並みのいずれにも騒ぎの起きた気配がない。老女中は恐怖のあまり動顚《どうてん》し、ともかく隠れる場をと町はずれのほうへ逃げていたのだ。

そこに気づいた宗三は、

「半次、その女の土地勘があるところはどこだ。いつも行っていたような所はないか」

「……護国寺、護国寺と鬼子母神《きしもじん》へ、いつもお参りに！」

しばらく考え、半次は答えた。板橋宿からなら音羽《おとわ》の護国寺へは大宮宿の氷川大明神より断然近い。

「よし、そこだ。行くぞ」

三人は追った。もちろん老女中と四歳児の与市の息の根をとめるためである。老女中は賊の一人が元使用人の半次であることを知って逃げている。もう一人、四歳児といえ役人に問われれば証言はできる。生かしてはおけない。

当たっていた。三人は護国寺の近くに大人の影ともう一つの小さな影を見つけた。だが闇である。老女中は気づき、物陰に身を潜める。与市が声さえ上げなければ容易には見つからない。しかし心理は、極度の恐怖感から、

（ともかく遠くへ！）

である。

三人のあたりを物色する影が去れば飛び出し、また駈ける。気配を悟られる。物陰に息を潜める。それを何度くり返したろうか。老女中の足は江戸府内の市ケ谷に入っていた。宗三ら三人も、幾度も老女中と与市の影を見失ってはまた見つけ、市ケ谷の地に入った。老女中にも宗三ら三人も、江戸府内に地の利はない。まして夜のことであれば今いるところさえどこなのか分からない。老女中にあるのは、明かりのあるとこ

ろを避けながら、ただ板橋宿から遠くへ……それのみである。宗三はその心理に目星をつけ、市ケ谷まで追ってきたのだ。見つけた。八幡宮の階段下だった。追いつめ、老女中を刺したのは宗三と牧太だった。さすがに半次は、

『坊っ、逃げて！』

かつて馴染んだ老女中が叫び、闇のなかに突き飛ばした与市坊をつかまえ刺し殺すことはできなかった。またしても手足を硬直させたのだ。

「うううううっ」

唸るなかに与市坊は、

「ウワッ」

転倒しコロコロと転がり闇のなかに見えなくなった。

「てめえっ」

宗三はまたもや半次を殴りつけた。この声と音までは木戸番小屋の老いた木戸番人にまでは聞こえなかったようだ。

宗三らは四歳児の子供を找すなかに、そこがまだ明かりの点々と灯《とも》る市ケ谷の茶屋街であることを知った。かえって一帯を走りまわることはできない。それに、相手が四歳の子供となればその心理を読むこともできない。与市坊は恐怖から声も失い泣く

ことも忘れ、闇雲に広い道をただただ走り、歩き、転び、そして四ツ谷左門町で力尽きたのである。


「町内の人みんなでって、姐さん！　そんならガキは今どこに！」

牧太が縁台から腰を浮かしかけたのを宗三は手で制した。

「アチチ」

牧太の湯呑みから茶がこぼれた。

「あらあら、お気をつけくださいまし。もう一杯淹《い》れましょうか。二杯目のお代はいりませんから」

「いや、いいんだ。俺たちはさっきも言ったとおり、いま四ツ谷の大木戸を入ったばかりでな。早くご府内の目的地に行きたいのさ」

宗三は志乃へ言い、

「おい、行くぞ」

牧太と半次をうながすように腰を上げ、

「姐さん、お代は」

「はい。九文です」

三人が清次の居酒屋の前を離れるとすぐ、旅にたつ仲間を四ツ谷大木戸まで見送った帰りか、四人ほどのお店者が、

「姐さん、ちょいと休ませてもらうよ」

縁台に腰を下ろした。

暖簾の中から、清次は顔を出すことができなかった。

(板橋宿の殺しも市ケ谷八幡も野郎たちだったのか)

想像はつく。それよりも、

(杢之助さんにこのことを知らせなければ)

そのほうが先決である。

軒端の縁台から店場に戻ってきた志乃に、

「ちょいと任せるぞ」

言うなり板場から裏手に出た。一瞬、松次郎の角顔と竹五郎の丸顔が脳裡に浮かんだ。だが、

「いや」

杢之助の周辺はあくまで自然体を保っておかねばならないのだ。

清次は東隣の栄屋の勝手口を叩いた。

「藤兵衛さん、相すみませぬ。もう一人どなたか」

頼んだ。栄屋からはきのうの手代が、きょうも朝から木戸番小屋の留守番へ出ることになっている。そこへもう一人……藤兵衛はなにやら新たな展開があったことを悟り、

「丁稚を出しましょう。しっかりした者を」

清次の申し出を受けた。清次はその場でサラサラと短い文《ふみ》を記《しる》した。詳しくは書けない。藤兵衛も杢之助や清次の世話にはなっているが、その以前は知らないのだ。

――対手の頭　樵

それだけだった。丁稚にはもちろん藤兵衛にも判じ物の紙切れだが、杢之助には分かるはずだ。

「さあ、これを木戸番さんに。急いで」

「お願いしますよ！」

藤兵衛は命じ、清次の声とともに丁稚は街道に駈け出た。

そのすぐあとだった。

「あら、松次郎さんと竹五郎さん。これからですか」

往還から志乃の声が聞こえた。縁台の客を応対していたようだ。

「おう。杢さん番小屋にいねえし、きょうはちょいと勝手が違うような感じで」

「でもまあ、行く先はきのうとおなじ市ケ谷で。また八幡さんの新しい噂、仕入れてきまさあ」

松次郎に竹五郎がつないだ。時刻もきのうとおなじ、いつも出かけているのより半刻ほど早い時分だった。

「志乃、ちょいとおもてを見てくれ。さっきの三人、まだその辺にいるか」

裏手から戻ってきた清次に言われ、空の盆を持って暖簾の中に入ったばかりの志乃は顔だけ外に出した。

「いないようよ。松次郎さんと竹五郎さんならまだ見えるけど」

その三人は、忍原横丁の脇道に入っていた。

そこでは、

「牧太。おめえ、さっきの旅姿の番太郎を追え。行く先は板橋宿だってことは分かってるだろう」

「へい」

「なあに、番太郎などは年寄りの世捨て人みてえな者《の》ばかりだ。すぐに追いつかあ。いくらかつかませてガキの居どころを聞き出すんだ。遣《つか》いに立つくらいだから知ってるはずだ。言い渋るようだったら痛い目に遭わせてやれ。できれば向こうへ伝わる前に息の根をとめろ。そのあとすぐ戻ってこい。落ち合う場所は内藤新宿だ。大木戸の向こうあたりの屋台でお互いぶらぶらしていようぜ」

話している忍原横丁の脇道の前を松次郎と竹五郎が、

「きょうはもう殺された女の身許、分かってるかなあ」

「だといいが。どこの誰がどんな事情で、非道《ひで》えことしやがるもんだ」

話しながら通り過ぎた。

宗三の話はまだつづいていた。

「半次、おめえは俺から離れるな。あのガキはまだこの町のどこかかもしれねえ。俺と一緒にさっきの店を見張りながらそれを探るのだ」

「へ、へい」

「牧太。さあ、行け」

宗三にうながされ、牧太は脇道から飛び出し、街道のながれに乗った。道中笠に旅装束を扮《こし》らえているのが、このときは役に立ったようだ。四ツ谷御門のかなり手前で棒手振職人の松次郎と竹五郎を追い越すことになろうか。

「さあて、俺たちはどこかで旅姿を解くか」

宗三は半次をジロリと睨んだ。

(この野郎のおかげでとんだことに)

内心は煮えくり返っているであろう。それが半次にも分かるのか、

「へ、へ、へい」

怯えたような返事を返した。

このあと、太一が手習いへ行くのに、

「与市ちゃんよーう」

誘いに清次の居酒屋に走り込み、そのあとをおミネが下駄の音も軽やかに追いかけてくることであろう。志乃は言うはずである。

「あ、おミネさん。きょうはあたしが縁台のほうを」

師匠の榊原真吾も、麦ヤ横丁の枝道まで出て手習い子たちの来るのを迎え、眼を光らせることであろう。

三

甲州街道の左門町から中山道の板橋宿へは、街道を四ツ谷御門のほうへ進み御箪笥

町の手前の枝道を北へ曲がり、町家を経て徳川尾張家の上屋敷の裏手に出てさらに北へ進み、昼間でも閑静な武家地や寺地を抜け、神田川を越えてほぼ南北に伸びる音羽町の通りを朝から賑わう参詣客に混じって護国寺の門前に向かい、山門の前を東へ折れて川越街道の流れに入ってから西へ進み、さらに畑道を北東方向に折れてひたすら畑道を歩めば中山道に出る。そこは板橋宿の南側にあたり、ここまで来れば中山道に張りつく十条村《じゅうじょうむら》を経てすぐである。

（午前《ひるまえ》には着こうか）

算段しながら杢之助は御簞笥町の手前の枝道に入った。

牧太が天秤棒と道具箱の松次郎と竹五郎に追いついたのは、その枝道の前だった。

（棒手振か。ならば道には詳しいだろう）

思い、

「あのう、ちょいと」

声をかけた。その二人が左門町の住人でさきほどの木戸番人と昵懇《じっこん》の間柄とは知る由《よし》もない。松次郎と竹五郎とて、声をかけてきたのがおとといの八幡宮下での犯人で、いま与市坊の命を狙っている男の一人だと分かろうはずもない。

「なんでえ。こちとら急いでるんでえ。訊きてえことがあるんならさっさと訊きねえ」

　足をとめ早口に言う天秤棒の松次郎に、

「はい。ここから板橋宿へはどの道が一番近道でござんしょう」

「なんだって？　板橋宿って中山道のか。ここは甲州街道だぜ。おめえさん旅姿のくせして街道を間違《まちげ》えたのかい」

「中山道へならほれ、その横道を北へ進み、尾張さまの裏手をさらにひたすら北方向へ進みなせえ。音羽の護国寺を過ぎりゃあ中山道へ出まさあ」

いつも一言多い松次郎に代わって道具箱の竹五郎が応えた。すでに杢之助は尾張家上屋敷の裏手を進んでいるところである。

「さようで」

　牧太は返し枝道に入った。最初から杢之助を見失っているが、方向さえ分かれば途中で追いつくことはできる。行く先は分かっているのだ。

「ケッ、とっぽい野郎だぜ。朝から街道を間違えるたあ」

「そうとは限らないよ。内藤新宿から江戸府内に入り、そのまま甲州街道へ向かうお人かもしれないし」

「ま、どうでもいいや。さあ、俺たちゃ市ケ谷、市ケ谷」

松次郎と竹五郎の背はふたたび動きだした。

牧太は言われたとおりひたすら北方向へと進んでいる。人通りの極度に少ない武家地や寺地に入っても木戸番人の影さえつかまらない。

（番太郎の足だ、どっかで追い越したかな）

牧太はうしろを何度も振り返りながら歩いている。

神田川の小さな橋を渡った。その下流は江戸城の外濠《そとぼり》を成している。土手道にも繁華な音羽通りにも木戸番人のうしろ姿はつかまらない。

（やはり急ぎすぎたか）

音羽の門前町の茶屋にでも入り、しばらくようすを見てみようかとも牧太は思ったが、なにしろ事は自分たちがお手配者になるかどうかがかかっている。

（ともかく中山道までは速めに行こう）

判断し、歩を緩めることもなければ小休止をとることもなかった。牧太にとってその判断は正しかったが、

「――年寄りの世捨て人みてえな者《の》ばかり」

お頭と仰ぐ木挽きの宗三も言ったとおり、杢之助を見くびっている。

（なあに。とっつかまえてガキの所在を聞き出すとき、四の五のぬかしやがったら首

の骨をへし折るか、どてっぱらに風穴でも開けてやりゃあ済むことよ）
すでに板橋宿の大津茂屋で二人殺《あや》め、市ケ谷でも一人を葬っているのだ。

左門町では、

「与市ちゃーん、行こう」

太一が清次の居酒屋に駈け込み、すぐに出てきた。与市が栄屋の用意した手習い道具を手にうしろからヨタヨタとつづいている。

「あぁぁ、気をつけて」

おミネが声に出し、志乃も往還に出て周囲に目を配っている。

そこへ、東隣の忍原横丁の陰からである。

「あっ、与市坊だ」

「あれがそうかい。ふむ、やっぱりあの居酒屋にいやがったか」

半次が言ったのへ宗三は憎々しげにつづけた。

「おめえ、ここに残っておれ」

宗三は街道に踏み出た。二人とも旅姿は解き、着流しの遊び人風になっている。だが、志乃が見落とすはずはない。いましがた話もした相手なのだ。暖簾から宗三の姿を目で追った。

宗三は清次の居酒屋を避けるように過ぎ、太一と与市が駈け込んだ麦ヤ横丁の通りに入った。すぐに出てきた。表情はふてくされている。浪人者に迎えられ、入ったところが、手習い処だということは見れば分かる。まさか昼間に乱入することなどできない。半次を呼び、交替で見張るしかないのだ。それにしても気になる。

「――遣《つか》いの木戸番人が板橋宿に入る前に殺《や》っちまえ」

示唆したものの、憖《しか》とは言っていないのだ。板橋宿の者が知ればすぐに人を繰り出してこよう。騒ぎは大きくなり。与市を始末する前に自分たちは面も名も割れてお尋ね者になり、日本中どこへ逃げても身の危険を感じなければならなくなる。

（やつも無宿人なら、そのくらいの判断はしよう）

牧太の機転に期待する以外にない。

「おまえさん。さっきのヤツら、やはりいましたよ。太一ちゃんと与市ちゃんを尾けて麦ヤ横丁に入ったのが一人、頭分《かしらぶん》のようなヤツ。それに若いのが一人、忍原横丁の角にボーッと」

店の中では志乃が清次に告げていた。もちろん頭分とは木挽きの宗三である。だが清次は相手が志乃とはいえ、そこまでは打ち明けられなかった。それに、志乃が告げたのは二人である。牧太なるものが杢之助を追って板橋宿に向かったことを解し、心中穏やかでない。

もう一人、杢之助を追っている。栄屋の丁稚である。

(うまくつなぎを取ってくれ、一刻も早く)

清次は心に念じた。

栄屋の丁稚が御箪笥町の手前を枝道に入ったところ、牧太はむろん松次郎たちの姿もとっくにそこを離れていた。太陽はもうすっかり昇っている。丁稚は急いだ。木戸番人の杢之助がかつて飛脚であったことは聞いて知っている。ふところの紙入れを落とさぬよう手でおさえ、なかば駈け足になっている。紙入れにはあるじの藤兵衛が用意した路銀と、清次が認《したた》めた紙切れのような文《ふみ》が入っている。

(旦那さまもとなりの清次旦那もおっしゃった。これが板橋宿への近道だ、と)

なかなか見えない杢之助の背に不安を感じながらも、なかば駈け足の歩調を崩さなかった。

その丁稚の足が旅装束の背をとらえたのは、神田川の手前の武家地であった。白壁に囲まれた往還で、

（あれは！）

　一瞬思ったが違っていた。

（こんなところで紛らわしい）

　思いながら追い越した。丁稚は、隣の居酒屋の前での三人組を見ていない。まして清次と志乃が預かっている〝迷子〟が命を狙われているなど想像もしていない。

「おい、小僧」

　呼びとめられた。

「へ、へい」

　立ちどまって振り返ったものの足をモゾモゾさせている。

「急いでいるようですまねえが、中山道の板橋宿へ行くのにはこの方向で間違いねえかい」

（えっ）

　と丁稚は思い、

「わたしもいまそこへ……」

　言おうとしたが急いでいる。

「へえ」

とだけ答え、きびすを返そうとした。

「もう一つ。おめえ、俺のうしろから来たようだが、途中で俺に似た旅装束で、そうだなあ、もっと老けてやがるなあ。見なかったかい」

(杢之助さんのような)

感じたが、やはり急いでいる。

「いいえ」

返し、

「失礼します」

ふたたび駈け足になった。すでに神田川の水音が聞こえている。

(まるで杢之助さんを探しているような。それに板橋宿までおなじとは)

なにげなく心の中に留め、小さな橋を渡った。畑地の向こうに建物が雑多にならんでおり、そのおもて側が繁華な音羽通りである。

(無愛想な小僧だ)

牧太も思いながらおなじ橋を渡った。建物の路地に入るさきほどの小僧の背が小さく見える。音羽通りの商家の小僧とくらいは思ったろうが、牧太にとっては記憶にとめる相手ではない。ともかく、方向に間違いはない。

丁稚は音羽通りに出た。甲州街道とは違い門前町の華やいだ雰囲気をかき分けるように山門のほうへ急ぐ。旦那か番頭のお供で参詣に来て迷子になり、必死に找している丁稚といった風情だ。

「あっ、ごめんなさい！」

女中を連れた商家のご新造風にぶつかりそうになった。

なおも進む。

朝から物売りや飲食の屋台もならび、ひときわ人通りの多い山門前の広場のような往還を、

（こっちだな）

東へ折れた。護国寺の塗り塀が途絶えるあたりから商家の暖簾もまばらになり、あとは川越街道から流れてきた江戸城北側の小石川方面へ向かう往還に出るまで田畑や林に囲まれた起伏のある道となる。

まだ寺の塀がつづくが、飲食の暖簾はこれが最後かと思えるほど建物がまばらになりかけたところで、

「おっ、追いついた」

丁稚の目は杢之助の旅姿をとらえた。

「木戸番さーん」

丁稚は大声を上げ、走った。

屋台の呼び込みの声ではない、子供のような甲高い響きに、

(ん……儂か?)

杢之助は振り返った。走っているのですぐ目に入った。

「おっ、あれは」

栄屋の丁稚だ。杢之助は丁稚が走り寄ってくるのを待ち、

「どうしたね、いったい!」

「へい。うちの旦那さまと、となりの清次旦那の遣いで、参りました」

丁稚は息せき切っている。杢之助は藤兵衛と清次の名を同時に聞き、しかも丁稚が追いかけてきたことに、

(何かあった!)

とっさに汲み取り、

「おうおう、走ってきたか。ともかくすこし休もう」

脇の飲食の暖簾を指さした。飲食の暖簾といっても、間口の広いおもてに雨戸を開け放し、腰高障子もなければ土間に飯台もなく広めの縁台を置いただけで、煮物や酒

を出している煮売酒屋である。もちろん子供や女用に甘酒もお茶もある。

「へい」

丁稚は甘酒の香りに疲れ知らずの返事をし、杢之助につづいた。中は薄暗く通りからは人の姿は見えても顔までは分からない。丁稚はふところを押さえたまま腰を下ろすと、用件よりも煮込みの竈《かまど》のほうを見ている。昼にはまだ間があるものの、旨《うま》そうな匂いをかいでは空腹を感じる。こうした店は、注文と同時に品の出るのが売りになっている。杢之助は甘酒と簡単な煮物を注文すると、

「で、藤兵衛旦那と清次旦那がなにか」

「へい。これを」

丁稚は思い出したようにふところから紙入れを出し、

「清次旦那からです」

紙片を示した。

「どれ」

杢之助は手に取った。確かに清次の筆跡である。だが、

──対手の頭　樵
文は短いその一行だけである。

やはり判じ物で、李之助にもにわかには判りかねた。

「へい、おまち」

あるじが二人分の甘酒と煮物の皿を縁台の上に置いた。

「これを清次旦那は、どこでいつお書きなすった？」

李之助は清次がこの一文を書いたときの状況を訊いた。丁稚は甘酒を一口すすり、

「へえ。けさ早く、となりの清次旦那が急に裏から入ってきなさって……」

経緯を話すと、

（うっ、頭《かしら》は木挽きの宗三？　しかし、まさか）

李之助は信じられない思いのなかにも文面の意図を解した。日本橋の呉服屋で仲間割れが起きる遠因ともなった男である。顔を見ておらず普段は思い出さないまでも、その名は脳裡に刻み込まれていたのだ。

「それに……」

丁稚が神田川の向こう側でみょうな旅姿の男に呼びとめられた話をしはじめ、

「あっ、あれ！　あの男です」

牧太である。だが文面にその男の名までは記されていない。大股で煮売酒屋の前を通り過ぎた。夜明けごろ街道に見た男の一人に似ている。

「ふむ。あの男が板橋宿の方向を訊き、儂と似たような旅装束を追っている……か」

李之助はその男を店の中から見送るように見つめて呟き、

（木挽きの宗三にしては若すぎるな。頭というからには……ならば奴は手下、か）

清次がわざわざ判じ物の文を書き、藤兵衛が丁稚を発たせたときの状況を悟った。

左門町に動きはあったが、

（木挽きの宗三は、まだ儂や清次に気づいていない……か）

奴輩《やつら》は左門町の木戸番人が板橋宿へ発ったことのみを悟り、〝手下〟を一人そこに割《さ》いた……と、短い文面と栄屋の丁稚が李之助を追いかけてきたことは語っている。

（噂が効いたナ）

思い、

「分かった。ありがとうよ。藤兵衛旦那と清次旦那に、確かに拝見しましたと伝えておいてくれ。儂はまだ先があるから」

李之助は甘酒を干し、煮物には少し箸をつけただけで勘定をすませ、

「せっかく来たのだ。護国寺でもお参りしていけば」

丁稚に微笑みかけ、店を出た。この先は、なおさら一人で動かなければならない。

藤兵衛も丁稚も、文面の意味は分かっていないだろう。そのために、清次は李之助と

のあいだにしか判り得ない一文を記したのだ。

「へいっ、木戸番さん」

丁稚は挨拶代わりに少し腰を浮かし、嬉々とした口調を返した。まだ十五にも満たないのだ。一人でこんなに遠出などないことである。しかも護国寺門前の音羽町だ。見たいもの食べたいものはあろう。途中で甘酒の一杯も飲み、昼めしも外で食べられるだけの路銀は紙入れに入っている。藤兵衛の奉公人へのはからいである。

杢之助は歩を速めた。いままで追われていたのをまったく気づかなかったが、栄屋の丁稚のおかげでそれが分かり、面体まで確かめることができたのだ。気分的にも楽だが、付け馬がついたのは煩《わずら》わしいことに違いはない。追いかけながら巻いてしまうか、帰りにふたたび尾けさせて四ツ谷に誘い込んで源造に手柄を立てさせるか、いずれにせよ選択は杢之助の手中にある。だが、その〝頭〟が杢之助の以前を知る木挽きの宗三とあっては、当人はおろか〝手下〟さえ生きたまま源造に捕縛させることはできない。そこに杢之助の胸中は乱れた。

(清次もいま、おなじ乱れを覚えていようか)

ともかく歩を速めた。あとは中山道に入るまで田地や林を行く一本道である。

すでにまばらな林の往還に入っている。抜ければゆるやかな起伏がつづく田地が左右に広がる。杢之助は脚絆と手甲をはずし、道中笠もとって脇の林の中に隠し、尻端折はそのままだが手拭で頰被りをし、振分け荷物も形を変えて腰にくりつけるように巻き、いくぶん前かがみの姿になった。近在の百姓が歩いているように見える。似たような姿とときおり出会う。

林を抜けた。両脇の田には春の苗代《なわしろ》にそなえ、乾田《かんでん》の荒起《あらお》こしをしている百姓衆の姿が点々と見える。土くれを細かくつぶす作業だ。なかには早田《はやだ》か、それらを鍬《くわ》で犂《す》き返す乾田返しに入っている田もあるようだ。その田地の前方に、往還を行く旅姿の男の背が小さく見える。胸中は急に冷ややかなものへと変わる。木挽きの宗三とともに大津茂屋一家を殺害し、逃げた老女中を追いつめて刺し、さらに四歳児の与市坊の命まで狙っているのだ。

（ふふふ。やつめ、儂の姿が一向に見えないので気を揉《も》んでいようよ）

実際、牧太は急ぎ足ながらも見通しのいい風景にせわしなくうしろを振り返っている。やはりどこかで追い越してしまったのではないかと気が気でないのだ。だが起伏のある往還に見えるのは、チラホラと歩いている在所の者であろう百姓衆の姿ばかりである。そのたびに牧太はチッと舌打ちをし、また前方への歩を速める。そのチラホラのなかに杢之助のいることに気づきもしない。まだ午前《ひるまえ》の時刻である。

四

中山道に入ったのはもちろん牧太が先である。それをかなりうしろから百姓姿の李之助が見つめている。とくに田の道から街道に上がるとき、牧太は何度も振り返り、さらに街道に出てからも一度立ちどまり、いま来た往還に目を凝らしていた。李之助はヒョコヒョコとその視界のなかを進む。牧太はまた舌打ちをして視線を田地の往還からはずし、板橋宿の方向へ歩を進めだした。

李之助の足も中山道を踏んだ。荷馬や大八車など四ツ谷の甲州街道とおなじだが、往来人のなかで旅装束以外にお店者の姿はほとんどなく、代わって在所の百姓衆の往来しているのが目につく。女もおれば子供もおり、多くは荒起こしや乾田返しか鍬を担いでいる。左右の田にもその姿が点々と見える。その風景のなかに、李之助の百姓姿は溶け込んでいる。

日本橋より二里八丁（およそ八・七粁《キロ》）の板橋宿は、幅四間（およそ七米《メートル》）ほどの往還に沿って十丁（およそ一粁）ばかりも飲食や物売りの店舗《みせ》や民家が立ちならび、旅籠《はたご》は本陣と脇本陣をはじめ大小五十軒を超えようか。街並みの中ほどに石神井川《しゃくじいがわ》が流れ、そこに架けられた橋が木の板で、土地の者が板橋と呼んでいたことから、それがそのまま宿駅の名になったという。橋は幅三間（およそ五米）に長さは九間（およそ十六米）ほどで、それよりも数倍ある千住宿の千住大橋や大川下流の両国橋も木の杭《くい》の橋桁《はしげた》に板張りであるところから考えれば、実に単純な地名の由来だが、そこにかえって見栄を張らない素朴さが感じられる。そのせいか、ゆるやかな太鼓状を描く板張りに荷を運ぶ馬の蹄《ひづめ》も大八車の車輪の響きも、人の下駄の音も、千住大橋や両国橋と違ってのんびりと聞こえる。

運送業の大津茂屋は宿駅の中には違いないが、繁華な街並みを離れ建物もまばらになりはじめる江戸寄りの一角にある。なるほどその裏手の住居なら、夜に押し込めばよほど大きな騒ぎにならない限り周囲は気づかないだろう。

牧太の足は大津茂屋の前にさしかかった。事件よりすでに三日目である。街道に面した店場には大戸《おおど》が下ろされ、荒縄が張られているのが、立ち入り禁止でまだ事件が解決していないことを示している。中に人の気配はなく、大戸の前に土地の者であろうか、数人の者が立って小声で話し、ときおり封印された荒縄に視線を投げている。いずれも悲痛な表情で、往還も両隣も向かい側も、その一角だけが打ち沈んでいるような空気が流れ、なにも知らぬ旅の者でも、そこを通っただけでなにやら事件のあったことを感じそうだ。

牧太は立ちどまっている数人の背後を抜けるように通り過ぎ、数歩進んでから立ちどまり振り返った。そこでもおかみさん風の女が二人、眉をしかめ蒼ざめた表情で、もの言わぬ大戸へチラチラと視線を向け、話し込んでいる。

「そのお店《たな》、なにかありましたので?」

牧太は声をかけた。

「あら、あんた知らないのかね。ま、旅の人なら仕方ないけど」

「押し込み強盗さ。旦那さんもおかみさんも、それに奉公人まで殺されなすって。いったいどこのどいつがこんな非道《ひど》いことを」

女たちは言い、大戸に向かって手を合わせた。

「へぇえ、そんなことが。で、どこのどいつって、犯人はまだ判らないので?」

「判るもんかね。生きてた人はいないんだし」

「宿場役人さんたちもお手上げで、行きずりの犯行かもしれないなんて言ってるようだけど、案外身近に……」

「そんな、恐ろしいよう」

女たちはブルルと身を震わせた。牧太にすれば安堵を覚える女たちの話であろう。

それを隠し、

「まったくで。それで、その後の調べは進んでねえので？」

牧太は最も気になるところを訊《たず》ねた。

「なんなんだね、おまえさん。そんなこと訊《き》いて」

「そうだよ。調べが進んでりゃあ、このお店舗《みせ》、こんなに静かなもんかね」

「そ、そうですかい。つい、押し込みなんて物騒なことを聞いたもので」

牧太は慌てたようにその場を離れ、一、二度振り返り板橋のほうへ歩を進めた。

（あの木戸番野郎、まだここには入っていなかったのか）

思いを強くしたことであろう。

李之助の視界のなかでその肩は、ハッとしたようにとまった。

（なにか思いついたか）

李之助は感じた。さも疲れた老百姓の態《てい》で街道の流れのなかにいくらかの距離を取って歩を踏み、宗三の〝手下〟の背を視界に収めている。もちろん、さきほどの土地のおかみさんたちとのやりとりまで聞こえていたわけではない。だが、ようすから内容は察しがつく。〝手下〟の動きがとまったのに合わせ李之助も歩をとめ、腰や肩をほぐすように大きく伸びをしながらようすを見た。

〝手下〟の牧太は周囲を物色するように首を動かし、数歩引き返すと紙を烏賊《いか》か蛸《たこ》の足のように細長く切って板にヒラヒラと貼り付けた看板を出している店に入った。蕎《そ》麦屋《ば》である。大戸の下ろされた大津茂屋の斜め向かいで、格子窓から周辺を看視するにはちょうどいい場所である。どこかで追い越したであろう木戸番人の来るのを見張るつもりであろう。

（ならば、さっきのハッとしたようなようすはなんだったのだ）

なにかを見たようすではなかった。と、なれば、

（思いつきやがったか）

与市坊の生きていることを板橋宿の者に知られてまずいのは、木挽きの宗三どもである。宗三が〝手下〟に杢之助を追わせたのは、

（儂の口を封じるため）

とっくに杢之助は悟っている。そのあいだに左門町に残った宗三ともう一人の若者が与市坊を狙っても、榊原真吾がついている。案ずることはない。それに焦っているとはいえ、昼間から騒ぎを起こすほど宗三は愚《おろ》かでないだろう。

ならば思いついたのは、いま眼前の〝手下〟が取ろうとしている手段である。旅姿の木戸番を見張るのに、いまの位置が最もよい。宿場役人を訪ねるにしても、その前

にかならず殺害現場を確かめに来るはずだからである。李之助の姿を確認すれば、蕎麦屋を飛び出て声をかけ、言葉巧みに宿場はずれのいずれか人気《ひとけ》のないところへ誘い出す算段を思いついたのであろう。相手は李之助を、

（たかが木戸番のじじい）

見くびっているはずである。

（あの〝手下〟め、儂にどう声をかけてくるか、楽しみだわい）

そう推量すると、向こうにとって李之助の目印になる道中笠と手甲脚絆を、音羽町を出た往還脇の林に置いてきたのが残念に思えてくる。

（もう少し焦《じ》らしてやるか）

李之助は伸びをやめ、歩をゆっくりと進めた。一家惨殺のあった大津茂屋の大戸はすぐ目の前だ。その手前の斜め向かいにある煮売酒屋に入った。宗三の〝手下〟が入った蕎麦屋とおなじ並びで、そこの格子窓からは完全に死角になる。数軒離れているから、声も聞こえまい。

音羽町のはずれで入った煮売酒屋と似た造作で、間口を広くとって土間に広めの縁台を置いた店だ。

「ちょいと疲れましてな。甘酒を一杯、お願いしますよ」

李之助はいかにも疲れたように腰を下ろした。

すぐ返事とともに奥から老爺《おやじ》が盆に載せて持ってきた。

李之助は湯呑みの甘酒を喉に一口流し込み、

「あ、、うめえ。生き返るようですじゃ」

その声に、老爺は満足そうな表情をつくった。

「ところでおやじさん、わしはこの先の十条村の百姓じゃが、ほれ、二、三日前、驚きましたじゃ。ほんに気の毒なことで。大津茂屋さん、あそこでしたなあ」

李之助は言い、縁台からはす向かいの閉じられた大戸に視線を投げ、座ったままだが両手を合わせた。

「ほう、十条村の人かね。だったら聞きなすったじゃろ」

老爺は十条村と聞いて、一見《いちげん》の旅人や馬子《まご》などと違い、それに歳まで自分と近そうな李之助に仲間意識のような親近感を持ったようだ。十条村は板橋宿の街並みを江戸方面へ抜けるとすぐの村で、風向きによっては村の野焼きの煙が宿《しゅく》にもただよってくるほどの至近距離である。

「なんとも惨《むご》い。それに、みょうなことも聞きなすったろう」

老爺は空の盆を持ったまま縁台に腰かけた。しかも、李之助の聞きたい本題を切り出してきた。源造の要請もあり、わざわざ板橋宿まで訪ねてきたのは、その〝みょうなこと〟の確認を取るためである。杢之助は話を合わせた。

「それさ、儂らも聞いて心配しとるのじゃ。いったい、どんな具合なんかね」

「分からん。宿《しゅく》の若い者《もん》が総出で近くの野原や林をさがしたが、なんの痕跡すら見つからん。おめえさんの村にもお達しが行ったろう」

一家皆殺しに行方不明者があったとなれば、当然探索に近辺の村々にも要請が飛ぶ。

「あゝ、それで知ったのじゃ。うちの五人組からも若い者《の》が何人か出たが、一向に」

当然、見つかっていようはずがない。

「まさかとは思うが、それに考えたくもないが。老いたおキンさんが与市坊を抱いたまま石神井川に……」

ようやく名が出た。これですべてが慥と一本の線につながった。市ケ谷八幡で殺された老女中はおキンさんという名のようだ。もう微塵《みじん》のためらいもいらない。対手を左門町の平穏のためだけではなく、生きていては世のためにならぬ男どもとして葬ることができる。それが杢之助の以前を知る、木挽きの宗三たちと分かってはなおさらである。杢之助の心は逸《はや》った。最初の算段ではそれを確認すると即座に四ツ谷に引き返し、一端を源造に知らせるとともに左門町で向後の策を練るはずであった。だが、付け馬がついた。木挽きの宗三の〝手下〟である。その牧太も、杢之助を始末しようとしていることに間違いはないのだ。事前に処理するのに躊躇《ちゅうちょ》はいらない。

老爺は縁台に座ったまま、まだ話をつづけた。

「あの川はお江戸の上野まで行って不忍池《しのばずのいけ》とかへながれ込んでいると聞くが、そうなりゃあお江戸のお役人にも合力《ごうりき》を頼まねばならねえ。お江戸のお役人がどこまでやってくれることやら……」

市ケ谷八幡に老女中の死体があったとの噂は、まだ板橋宿にはながれてきていないようだ。まして四ツ谷左門町の〝迷子〟など、遠く離れては噂にもならないのかもしれない。

(板橋宿のお人らには済まぬが)

うしろめたさを感じつつ、

(ここはまだ伏せ、手柄を源造に)

杢之助は胸中に念じ、腰を上げる機会をうかがった。そこへおりよく、

「おう、老爺。そこの伝馬の前を通るんだ。厄落《やくお》としになにか頼まあ」

街道の杭に荷馬をつないだ馬子が二人、店に入ってきた。

「じゃあ、おやじさん。この甘酒、うまかったよ」

李之助は代《あたい》を縁台に置いて腰を上げ、

「あ、十条村の人。こっちのことでまた世話になるかもしれねえ。そのときはよろしく頼まあ」

老爺の声を背におもてへ出た。

「きっと坊やは見つかりまさあ。そのおキンさんとやらも……」

李之助は返し、わずかに振り向いた。

「なんでえ、まだ見つかってねえのかい」

行方不明者の噂は広まっているのか、馬子の言っているのが聞こえた。

李之助は街道に顔を向けた。すぐそこが大津茂屋である。蕎麦屋のほうに目を向けた。格子窓の内側に顔の張り付いているのが見える。

（おい、格子窓の人。儂だぜ。気がつけよ）

胸中に語り、封印のされた大戸に向かってふたたび手を合わせた。

（成仏してくださいまし。敵《かたき》はこの儂が……与市坊の無事も、儂らがきっと……）

改めて心に誓った。

顔を上げ、ふたたび蕎麦屋の格子窓に目を向けた。

（ふふふ。やっと気がついたかい）

格子窓の中に動きが見られたのだ。

李之助はゆっくりと蕎麦屋の前を、身をさらすように通り過ぎた。格子窓の中の目が、息を殺したように凝っと見つめているのが感じられ、その者の荒い息遣いが伝わってくるようでもあった。

中で牧太は腰を上げ、

「姐ちゃん、お代はいくらだい」

店の女は怪訝な顔になった。牧太の声が、入ってきたときと違い、極度に掠《かす》れていたのだ。

牧太は外に出た。李之助はゆっくりと歩いている。あとに尾《つ》いた。

李之助は背に視線を感じながら、のんびりと見える歩調を乱さず、宿場町の街路に歩を進めた。

（昔が偲ばれるなあ）

思う心の余裕がある。盗賊に身を投じる前、溌剌《はつらつ》とした飛脚であったころ、東海道だけでなく中山道も何度か走ったことがある。

（あのころに戻りてえ）

おのれを狙う視線を受けながら、李之助には思えてくる。

橋板を下駄や大八車が踏む響きと、水の流れが同時に聞こえてきた。石神井川である。歩を進めた。おなじ歩調で、牧太もついてくる。振り返らなかったが、手をふところに入れ匕首《あいくち》を握り締めているかもしれない。

李之助の足が橋板にかかった。橋の中ほどで歩をとめ、欄干に寄りかかった。牧太は橋のたもとに身を寄せて立ちどまり、道中笠をかぶったまま首をかしげ、李之助を見つめている。牧太が首をひねったのは、李之助の欄干に寄りかかった仕草に対してではない。年格好も、すこし前かがみになった歩き方も似ているが、果たしてけさがた、四ツ谷左門町の居酒屋から出てきた旅装束の男と、

（おなじ野郎かどうか）

まだそこに確信が持てないでいるためだった。おなじ人物にしても、旅装束から百姓姿に変った理由が牧太には分からない。神田川の手前で道を訊いた小僧が対手方の一人であったなど思いも寄らぬことであり、まして途中から自分が尾けられる立場に立たされていたことなども、およそ思考の範囲外なのだ。それに、

（なぜ宿場役人のところへ駈け込まねえで、あんなところでのんびりしてやがる）

そこにも疑念が湧く。

李之助はなおも欄干に寄りかかったまま、下を流れる水面《みなも》を見つめている。感慨に

ふけっているのも対手を焦らしているのでもない。

（こんな昼間に）

どう始末をつけよう……その算段をしているのだ。

フッと頭に湧いた。さきほど煮売酒屋の老爺は、この流れが、

「──お江戸の上野まで行って、不忍池とかへ」

言っていた。

「よしっ」

杢之助は小さく吐き、欄干から身を離した。それを見た牧太も、反射するように肩をブルッと震わせた。

杢之助は板橋を渡りきると、すぐ下流への枝道に入った。川に面し、名物の焼鮒《やきふな》を食べさせる小料理屋が数軒ならんでいる。それらを過ぎると民家はまばらになり、往還は土手道となり進むにしたがって細くなる。なおも牧太は道中姿で首をかしげながらついてくる。建物はすでになく、道さえなくなり前方の林に入れば、田地からも離れまるで人里を離れた渓谷の川原のような風情になっているのが看て取れる。

（なぜこんなところへ）

あとにつづく牧太にはますますわけが分からなくなる。無理もない。四ツ谷左門町

を出た木戸番人なら、百姓姿に身を変えても大津茂屋の前で手を合わせていたのは辻《つじ》褄《つま》が合う。だとすればそのあとすぐ、さきほども疑念を感じたように、隣家へ入るか宿場役人を訪ねるはずである。ところが人里離れた渓谷のようなところへ向かっているのだ。

（ふふふ。奴め、混乱していることだろう）

李之助は背に視線を受けながら胸中に呟いた。対手を混乱させる……いまではこれも策の一つとなっている。そうすれば、きっと切羽詰った行動に出る……。

案の定であった。牧太は混乱する自分がいたたまれなくなり、思い切ったように草地を踏む足を速め李之助に近づくなり、

「待ちねえ、父《とっ》つぁん」

声をかけた。かたわらに水の流れの音が聞こえる。李之助は無視した。背に神経を張りつけ、距離を測りながら歩を進める。足場は草地からゴロ石に変わり、さらに岩場となってすぐ右手に深く早い水の流れが絶え間ない動きを見せ、左手の樹林が他からの視界をさえぎる、狭い空間に入ろうとしている。

「待ちねえっ、待ちねえよ！」

牧太の足は駈けた。すでに平静な思考能力を失っている。

李之助は歩をとめた。対手の気配が、あと一歩で手を伸ばせばとどく範囲に入ったのだ。牧太もビクッとしたように動きをとめ、

「て、てめえっ。い、いってえ、なんなんだ！」

思ったとおり、ふところに入れた手が匕首を握り締めている。

李之助は振り返らないまま、

「他人を尾けてきて、その言い草はなかろうよ。こっちが訊きてえぜ」

「お、俺は四ツ谷からずっとおめえを……。おめえ、あそこの番太郎だろがっ」

牧太はすでに李之助の呼吸に乗せられている。

李之助はなおも振り返らない。

「四ツ谷からずっと、儂の命を狙っていなさったかい」

「そ、それは！　ともかくおめえ、けさ早く四ツ谷をたった木戸番に違えねえ！　つらっ、面を見せろいっ」

「見せてどうなる。おめえ、さきほどの大津茂屋でも市ケ谷の八幡さんでも、殺した相手の顔はろくすっぽ見てねえのだろ」

「や、やっぱり知ってやがったかっ。な、なぜだ！」

李之助の神経は、背後の気配に張りつけたままである。その表情のこわばっている

のが感じられる。

「ふふ。すべてお見通しさ。だから、ここまで来てもらったのよ。木挽きの宗三も一緒なら、なおよかったのだがな」

「な、なんだと！　お、お頭の名まで、なんで知ってやがるうっ」

「ふふ。だから言ったろう。すべてお見通しだってよう。おめえの名はまだ聞いちゃいねえが」

「や、野郎っ。俺だっておめえの名など⁉　だが、生かしちゃおけねえっ」

張りつめた空気が動いた。牧太の匕首を握る手に力が入り、足が岩場を蹴った。

刹那《せつな》、

「鋭《えい》っ」

いくぶん前かがみになっていた杢之助の腰がかすかに落ち、左足に力が入って軸となり、右足が宙に走るなり躰《からだ》全体が背後の気配に向かって回転し、弧を描いた足の甲が、

――グキッ
肉塊を打つと同時に骨の砕ける鈍い音を、水の流れと樹々のざわめきのなかに混じらせた。一呼吸の半分すらもない間の動きだった。

牧太には、悲鳴を上げるいとまさえなかった。

「ふーっ」

李之助の右足が岩場に戻るのと同時だった。

水音が立った。手に抜き身の匕首を握ったまま、首の骨を砕かれ不自然に曲げた牧太の身が石神井川の流れに乗ったのだ。

「成仏できるかどうか知らねえが、江戸まで流れなせえ」

水面に向かって片手を立て、わずかに頭《こうべ》を垂れた。すでに死体は流れたか、水面を見つめる李之助の視界を去っていた。

呟《つぶや》いた。

「誘ったのは儂だが、乗ったのはおめえだぜ。……儂ゃあ、身を護るためによう」

ゆっくりと、もと来た土手道を引き返しはじめた。

緊張を死体とともに押し流した水の音が、細い土手道を行く李之助の身を包む。太陽はすでに中空を過ぎている。不意に空腹が感じられた。同時に、これまで感じなかった疲れも、一歩一歩と踏む足から込み上げてくる。

「このあたりで」

流れに向かって座り込み、腰に巻いた竹の皮の弁当を解いた。握り飯はへしゃがり梅干や焼き魚の具が見えていたが、志乃が気を利かしたか濃いめの塩味が疲れを癒してくれた。岸辺にしゃがみ、水を両手ですくった。冷たさが、ふたたび緊張を全身に呼び戻した。腰を上げた。

板橋の音を聞き、宿場町の通りを前かがみになり大股で進んだ。めまぐるしく人の代わる街道に、それがさきほど通った百姓などと誰も気にとめはしない。

大津茂屋の閉じられた大戸の前を、

（一人は葬りやした）

心中に呟き、通り越した。はす向かいの煮売酒屋で、老爺が外に出ていなかったのはさいわいだったか。

街道をそれ田地の往還に入った。ひたすら護国寺の方向へ進む。草のまばらな道に腰の重みが消えているのは、巻きつけていた弁当がなくなったからだけではない。やらねばならぬ重みが一つ、石神井川に流れ去ったのだ。

右にも左にも、さきほどと変わりなく荒起こしや乾田返しの百姓衆の姿が黒く点々と見える。ときおり鍬をかついだ男や女ともすれ違う。

「ご苦労さんでやす」

頬被りのまま挨拶を交わす。

ゆるやかな起伏のある往還に入った。道なりにまっすぐ進めば直接護国寺の山門前に出る。

脇の林間に入った。道中笠も手甲脚絆もそのままである。もともと人通りの少ない往還で、林に人の入った形跡もない。

出てきたときには、左門町を出たときの旅人姿であった。午前よりも人の増えている音羽通りを、

(栄屋さんの丁稚さん、どこの屋台で舌鼓を打ったかな)

などと思いながら歩を急いだ。どの屋台も呼び込みの声とともに煎餅《せんべい》や焼き烏賊《いか》の香ばしい匂いを往来人に団扇《うちわ》で吹きかけているとあっては、小遣い銭を持った丁稚が素通りするのは困難なはずだ。

太陽はすでに西へかたむき、地面に引く影が目に見えて長くなりはじめている。

足が市ケ谷に入ったころ、すでに夕暮れ時となっていた。あとは陽が落ちれば急速に暗くなる。

(左門町に、異変は起きていないか)

歩を進めながら、気になってくる。

五

まだ昼間である。

遊び人風体になった木挽きの宗三と半次は、替わるがわる麦ヤ横丁の手習い処を見張っていた。

手習いの終わる昼八ツ（およそ午後二時）の鐘が響き、板橋宿では杢之助が石神井川の川原に牧太を屠《ほふ》ったころであろうか、手習い処の玄関から手習い子たちが習字の半紙をヒラヒラさせ、あるいは算盤をカチャカチャ鳴らしながら飛び出してくる。このとき宗三も半次も玄関を別々の方向から見つめていた。一群の嬉々とした男の子や女の子たちの声が往還を右へ左へと去り、ふたたび手習い処に静寂が戻る。宗三と半次は互いに首をかしげながら肩を近づけ、

「お頭。あのガキ、出てきやせんぜ」

「のようだ。朝一緒に行った、ちょっと大きめのガキも見当たらなかったな」

「二人して残されたんでやしょうかねえ」

「いや。すでにここの評判は集めたろう。腕の立つ浪人だそうだ。残されてんじゃな

く、かくまわれてんだぜ。チクショー、この町のやつらめ」

「えぇっ！　だとすりゃああっしら、いつまでここでこうしてりゃいいんですね？」

忍原横丁の路傍で二人は額を寄せ合った。

「ともかくだ。今夜はあのガキ、ここの手習い処にかくまわれるか、おもての居酒屋に戻るのか見極めなくちゃならねえ」

「へえ、それから……？」

「牧太が戻ってくりゃあ、ガキのまだ生きてることが板橋宿に伝わったかどうか分かろうよ。うまく行きゃあ、あの木戸番のじじいめ、牧太が事前に葬《ほうむ》ってるかもしれねえ。どっちにせよだ」

「どうしますので」

木挽きの宗三はいくぶんイライラした口調で、

「今夜中に、ガキを始末しなきゃならねえ」

「へえ」

半次は返事をし、また手習い処のほうへ目を向けた。

宗三がイライラしているのは、与市と太一が一向に手習い処から出てこないせいだけではない。話している相手が、半次だからであった。

「ときどき代わってやるから、おめえが中心になってここを見張っておくんだ。目を離しやがったら承知しねえぞ」

言うと宗三はくるりときびすを返した。

「あぁあ、お頭」

「馬鹿野郎！」

顔だけ振り返り、

「こんな往来でみょうな呼び方するな」

宗三は街道に出て内藤新宿のほうへ向かった。

その後も一、二度、宗三は戻ってきて見張りを半次と交替していた。一人の男が手習い処の近くにずーっと立ったままではまずいと思ったのであろう。もちろんその動きは志乃とおミネがときおり街道から麦ヤ横丁をチラとのぞき、確認している。手習い処にも、近所のおかみさんが、

「ねえねえ、お師匠。きょうは朝からおもてに変なヤツが……いまも」

わざわざ知らせに来る。そのたびに真吾は、

「はい、分かっております。どうせ逆恨みかなにか、無頼の者でしょう。放っておいても問題はありませんよ。逆にその者をジロジロ見たりしないようにしてください。

この町の平穏のためにも」

応えていた。

「そうですかあ」

と、どのおかみさんも、せっかく知らせてやったのにという思いからか不満そうに返しながらも、さしたる問題でもなさそうな真吾の反応に安堵を覚えていた。

夕刻が近づいている。杢之助の足が市ケ谷の地を踏んだ時分である。きのうに引きつづきその界隈をながした松次郎と竹五郎は、すでに左門町への帰路についていた。きょうも二人ともかなりの商いがあったようだ。

二人の足が清次の居酒屋の前にさしかかったときだった。陽はもう落ちようとしている。さきほどから気をつけて街道を見ていたのか、

「ちょいとちょいと。松つぁんに竹さん」

おミネが暖簾から飛び出てきた。

「さあ、二人とも。きょうもとなりの栄屋さんの旦那さまがご指名ですよ」

二人を店に引き入れると、その足で、

「栄屋さんの旦那さま!　松次郎さんと竹五郎さんが」

栄屋へ知らせに走った。

藤兵衛はすぐに来た。

「さあさあ、松つぁんに竹さん。きょうも遠慮はいりませんよ」

「こいつぁ旦那ア」

「はい、はいはい。いただきます」

藤兵衛の言葉に、二人は大喜びである。すぐに志乃が熱燗を飯台に運び、清次は板場から、

「さあ、松つぁんと竹さん。なんでも注文しなせえ」

包丁で俎板《まないた》に音を立てながら声を投げる。

「で、市ケ谷のようすはどうでした？」

藤兵衛も松次郎たちとおなじ飯台に腰を据えた。きのうときょうは、市ケ谷のようすを丹念に見てきたことへの、左門町筆頭町役からの褒美である。他の飯台に職人風の男が四人ほど座を占め、仕事帰りの息抜きかすでに一献かたむけていたが、別に秘密の話をしようというのではない。〝市ケ谷のようすは〟と隣席が言ったのへ、

「えぇ？」

と職人風たちも聞き耳を立てた。聞き手がそれだけ多くなれば、松次郎も竹五郎も

いよいよ上機嫌である。

「へへん、しからば」

と、松次郎などは熱燗のお猪口《ちょこ》を片手に腰切半纏の胸を張ったものである。

「きょうはねえ、どうも朝から市ケ谷は落ち着きがありやせんでしたよ。死体がどうのこうのって。町の女衆などときた日にゃ、あゝ気持ち悪いだのそら恐ろしいだのってよ。自身番じゃ、そんなの早く引き取れ、いや置いとけなどとえらくざわついていやしてねえ」

「それって、どういうことだい」

隣の職人風たちの飯台からじれったそうな声が飛んできた。藤兵衛も、

「竹五郎どん。あんたもなにか聞きなさったろう」

と、竹五郎のほうに視線を向けた。板場では清次が苦笑していた。松次郎の話はいつも先走り、まとまりに欠けるのだ。

「はい。聞きましたよ」

竹五郎は藤兵衛の視線に応じた。いずれかの商家に入り、裏庭の縁側で隠居から聞いたのだという。

「事件より三日目というのに、女の死体はまだ八幡町の自身番に置いたままだったの

ですよ。町役さんたちは早くどこかへ運んでくれと言うのを、お役人はいましばらく身許が判るまでと言い、まだ寒さがあるとはいえ、そろそろ臭《にお》ってもくるものですから、結局八幡町の町役さんたちとお役人方が話し合い、きょうの午過《ひる》ぎ、ようやく無縁仏として近くの寺に運び、そのあとすぐ三昧場《さんまいば》に運び、あした町役さんたちが骨と髪の毛や着物を受け取りに行くそうですよ」

「そりゃあ向こうの町役さんたち、大変なことだねえ」

すぐに合いの手を入れた藤兵衛の口調には、親身になった重さがあった。死体を自身番に置いているときの不寝番の日当は高くつき、無縁仏にすればしたで寺への供養料や三昧場への運送費に焼き場人足への謝礼、すべてが町の費消となるのだ。八幡宮の階段下での死体発見と同時に、八幡町の町役たちは気が気でなかったろう。しかも無縁仏などと、最も出費の多い結末を迎えたのだ。もちろん、これからの探索で身許が分かれば、そこからいくらかの迷惑料は出るだろうが、出費のすべてを賄うことはできまい。それに八幡町にも奉行所にもまだ分かっていないことだが、身許の大津茂屋はすでに消滅しているのだ。

隣の座の職人風たちも状況が分かるのか、

「あーぁ、行きずりの死体にはなりたくねえなあ」

「もっとも、もっとも」

同情するような声を洩らしていた。

「だがよ、八幡さんのは殺しなんだろう。犯人はいってえ？」

一人の声とともに、職人風たちはまた松次郎と竹五郎に視線を向けた。

藤兵衛も、

「そのことはどうかな。町はなにか言っていましたか」

「それが、噂にも聞かねえ」

松次郎が引き取るように応え、

「ま、御簞笥町の源造め、きょうは探索どころかお役人と町役さんたちのあいだに立って、忙しそうにうろちょろしてやがった。町の中で何度か会いやしたぜ」

と、これは竹五郎より常に外にいる松次郎のほうが詳しかった。

板場の中で、清次は得心したように頷いていた。

源造はきょう午過《ひるす》ぎ、左門町のようすが気になるのか一度清次の居酒屋に、

「——おう、ようすはどうです。なにか進展はありましたか」

と、顔を出したのだ。源造が知っているのは、大津茂屋で生き残ったせがれの与市が左門町にかくまわれていることだけである。

「――まだ、変わったことはとくに」

そのとき志乃が応えると、

「――そうですかい」

と、板場で一本つけようとしたのも断わり、さっさと帰ってしまったのだ。これにはおミネまで、

「――まあ、きょうの源造さん。どうしたのかしら」

と、驚いていた。

その理由がいま、松次郎と竹五郎の話で理解できたのだ。奉行所と町役たちとの調整役に立って奔走するのも、岡っ引がその町に根を張っておくため事件の探索以上に大事なことなのだ。

藤兵衛も板場のほうへ顔を向け、そこからのぞいていた清次と頷き合った。杢之助が戻るまで、きょうの朝からの左門町のようすを、

（まだ源造に話せない）

のである。

松次郎と竹五郎の話が一段落ついたとき、外はもう暗くなり、さきほどの四人連れはすでに帰っていた。

「帰ってきたよー」

太一が与市の手を引いて店に飛び込んできた。与市が敷居につまずきそうになったのを、

「おっと」

背後から手を伸ばし、つかまえるように支えたのは真吾だった。手習い処から同道してきたのだ。着流しだが真吾にしては珍しく大小を腰に帯びていた。

「おぉう、この子かい」

「ほう、ほう。五年前の一坊みたいな」

話には聞き、噂をながす一翼も担ったものの、松次郎と竹五郎が与市を見るのはこれが初めてである。かなりお猪口をかたむけたのか上機嫌だった。だが、与市にとっては見知らぬ大人の男が二人、それもいきなり話しかけてきたのだ。

「ううううっ」

障子戸の近くにいたおミネにしがみついた。

「うーむ、まだ不安定なようだな」

藤兵衛はやわらかく言ったものの、その藤兵衛とて与市から見れば、宗三や牧太、それに半次らとは年格好も風貌もまるで異なるが、やはり見知らぬ大人の男なのだ。

一度顔を上げ、

「うう」

またおミネにしがみついた。

かたわらで、

「与市ちゃん」

と、太一が名を呼び、心配そうに見つめている。

「松次郎さんに竹五郎さん、そういうことなのよ。悪いけど」

志乃が二人へ申しわけなさそうに言うと、

「分かったよ。もう十分ゴチになったし」

松次郎が言うと竹五郎も、

「松つぁん。いまならまだ湯屋、間に合いそうだ。急ごう」

松次郎をうながし、外に出た。二人にしては複雑な思いだ。だが、湯屋が早く行かないとそろそろ仕舞いそうなのは事実である。

「さあ、太一ちゃんと与市ちゃん。また奥に行きましょう」

志乃はおミネを誘うように言った。真吾の表情から、なにやら清次と藤兵衛に話があるような気配を察したのだ。おミネが太一を急かし、志乃が与市の手を取った。

「どうも与市は、手習いが終って部屋が寂しくなると、太一と遊んでいても、おっ父う、おっ母あと不意に泣き出したりしてな。いささか困りもうした。太一がいなければ、それがしだけでは無理だったかもしれぬ」

志乃とおミネは真吾の言っているのを背に、太一ともども与市を奥の部屋にいざなった。店場には、真吾に藤兵衛と清次の三人だけとなった。もちろん、真吾が言いたかったのは、手習い処での与市のようすだけではない。

「きょうはこれで暖簾を下げましょう」

清次はわざわざ志乃を呼び、暖簾と提燈を下げさせ、雨戸も腰高障子の半分ほどを残して閉めさせた。

そのなかに、

「やはり、付け馬がついてきておるぞ」

真吾は言った。

清次にも藤兵衛にも想定の範囲内だが、やはり直接聞いたとなると店場に緊張が走る。清次がおもてに出て顔を提燈の灯りにさらさなかったのは、それを予測してのことである。藤兵衛はすぐさま裏手から木戸番小屋にまわり、まだ留守番をしていた手代に外のようすを見させた。

手代は木戸の脇からあたりに目を凝らした。暗いなかに不審な影は、向かいの麦ヤ横丁から街道へ出たところに確認できた。もちろん木挽きの宗三と半次である。

「うむ。今夜もどうやらガキはあの居酒屋のようだ」

「へい、そのようで」

二人が話している内容はむろん聞こえない。

「それが分かれば十分だ。じゃあ、牧太との待ち合わせの場へ行こうか。ともかく、今夜中にガキを始末せねばなるまい」

「へえ」

宗三が言うのへ半次は乾いた声で返していた。

(今夜中に居酒屋に忍び込み、与市の息の根を止める)

その算段に、緊張しているのだ。

二人は提燈もないまま街道を大木戸のほうへ向かった。

店場では、

「ともかく、木戸番さんが帰ってくるのを待ちましょう。距離を思えば、間もなく戻ってくるはずですよ」

清次が藤兵衛と真吾に言っていた。

陽が落ちかけ、松次郎と竹五郎が清次の居酒屋の前でおミネに呼びとめられたころだった。御箪笥町でも杢之助が、

「あらあ、杢之助さん。ご苦労さんでしたねえ。うちの人から聞いております。ちょうどよく、さっき帰ったばかりなんですよ。さあ、どうぞ」

おもてに出て往還の掃き掃除をしていた源造の女房に迎えられていた。

「はい。もっと早くにと思っていたのですが、すっかり遅くなっちまいまして」

杢之助は道中笠の紐を解きながら応えた。実際、予期せぬ自分への付け馬で帰りが遅くなってしまっており、

(清次の居酒屋、何事もなかったか)

気を揉んでいる。

「おぉうバンモク、やはり寄ってくれたかい。で、どうだったたい」

すぐ店場に出てきた源造は手で奥へと示し、女房どのも、

「さあさあ。板橋宿まで、お疲れでしょう」

と、再度言い、足洗いの水桶まで用意したが、

「いや、ここで。左門町が気になりますでのう」

杢之助は店の板敷きに腰を下ろした。

「こちらは別段なにも。おまえんとこの左門町も昼間ちょいとのぞいてみたが、別状ねえようだったぜ」

源造もその場に腰を据え、八幡町の死体の処理に一日奔走し清次の居酒屋にも行ったことなどをひとしきり話し、

「で、板橋宿の大津茂屋。推測どおりだったかい」

太い眉毛を大きく動かし、真剣な表情を杢之助に向けた。

「あゝ、間違いない」

杢之助は板橋宿では老女中と小さな子供が行方不明になっていることや広範囲な捜索がおこなわれたが見つからず、市ケ谷の死体や四ツ谷左門町の迷子などの噂がまだ現地に伝わっていないことなどを話し、

「しかし、一つの事件にもう間違いはねえ。こりゃあ源造さん」

「うむ、行けるぞ。世話になるぞバンモク」

杢之助の向けた視線に源造は大きく頷き、

「八丁堀の旦那方はまだ誰もそこに気がついちゃいねえ」

眉毛を激しく上下させた。杢之助は、それを確認しておきたかった。左門町の詳し

いようすは、清次が杢之助の以前を知る木挽きの宗三なる者が一味のなかにいたことも含め、まだ源造の耳に入れてはいないのだ。

だが源造は、

（これで手柄は俺のものになる！）

思いを強めたようだ。

ならば、

（木挽きの宗三をどう処理する）

杢之助に課せられた大きな難題である。もちろんその〝手下〟なる者を石神井川に葬ったことなど、おくびにも出していない。宗三ともう一人の手下も処理すれば、身に降る火の粉を払ったことにはなる。だが、事件の解明にはならない。せっかく板橋宿から江戸へ流れ込むようにした〝証拠の品〟も、それこそ無縁仏となってしまい意味を成さなくなる。

考えこむ仕草になった杢之助へ源造は、

「どうしたい。おめえもやっぱり歳だなあ。板橋宿程度でそんなに疲れるたあ」

「い、いや。まあ……じゃあ、儂はこれで。左門町が気になるで」

杢之助は女房どのの出してくれた茶を飲み干し、腰を上げた。

「おう、そうだろそうだろ。俺も木戸が閉まるころ、もう一度ようすを見に行ってみようかい」

「いや。何かあったら、こっちから連絡すらあ」

杢之助は振り返り、敷居を外にまたいだ。

「あ、杢之助さん。これを」

女房どのが急いで提燈に火を入れ、奥から出てきた。

街道はすでに提燈の灯りがところどころに動くのみとなっている。

杢之助は急いだ。

「うっ、やはり何かあったか」

思わず呟いたのは、清次の居酒屋の明かりが視界に入ったときである。外に暖簾も提燈もなく、店を閉めるにはまだ早い。人の出入りができるだけの隙間を開けて雨戸も閉め、明かりはそこから洩れている。中では清次が藤兵衛と真吾に〝木戸番さんが帰ってくるのを待とう〟と言ったところだった。杢之助は近づいた。いましがた、向かいの麦ヤ横丁から居酒屋の障子戸に釘付けていた視線の消えたのが、杢之助には幸運だったというほかはない。一呼吸でも杢之助の足が早かったなら、その視線の一つが障子戸の明かりと提燈の火に浮かぶ顔へ、ウッと感じるものを得ていたかもしれない。木挽きの宗三は、朝は気がつかなかったものの、杢之助の顔は覚えている。

「シッ」

三人で飯台を囲んだまま、不意に真吾が叱声を吐いた。腰高障子の外に人の気配を感じたのだ。その場に、ふたたび緊張が走った。障子戸が動いた。

「あっ、杢之助さん！　中へっ、速く！」

とっさに飛んできた清次の声に杢之助は驚き、かえって敷居を踏んだまま動きをとめた。淡い灯りの中に藤兵衛と真吾もいる。

「それがしが付け馬を引っ張ってきましてなあ。まだその辺にいるはず」

「えっ」

真吾の言葉に杢之助は、

（宗三の目が！）

事態を察し、振り向かずに素早くうしろ手で障子戸を閉めた。清次は提燈を持った杢之助を心配げに見つめている。

（顔を見られたかもしれやせん）

表情が言っている。

（儂としたことが）

李之助も懸念を感じざるを得ない。命取りに直結するかもしれないのだ。

（まさか！）

ハッとした。うしろ手で閉めた障子戸に、速足で人の近づく気配を感じたのだ。李之助はとっさに腰高障子から離れ、

（場合によっては）

足に力を入れた。石神井川の川原で一人葬ったのも、成り行きから生じた策だったのだ。藤兵衛も真吾も、さきほど李之助を迎えたとき以上に固唾《かたず》を呑み、障子戸を見つめている。〝付け馬〟が正面切って探りを入れに来たとも考えられるのだ。

「旦那さま」

外から聞こえた声に、それらの緊張は氷解した。障子戸が動き、現われた顔は声のとおり栄屋の手代だった。

「いま、ここを見張っていた影が二つ、大木戸のほうへ。いかがいたしましょう」

「大木戸のほうへ？　内藤新宿か」

藤兵衛が問い返したのへ即座に真吾が、

「なにか魂胆がありそうだ。護りを固めるためにも確かめておく必要がある」

つなぎ、立ち上がるなり外していた大小をふたたび腰に戻し、

「相手はすでに幾人も殺害している凶暴な奴輩《やから》だ。それがしが参る」

もう障子戸のほうへ歩み出ていた。こうしたときに酒や女郎買いであろうはずがないとの思いは一同に共通している。手代さえもそう思い、すぐ知らせに来たのだ。同時に、杢之助と清次の脳裡には安堵の思いがながれていた。杢之助が提燈をかざし、中からの洩れ明かりの前に立ったとき、

(すでに木挽きの宗三の視線はここから離れていた)

二人は顔を見合わせ、頷き合った。つぎには、

「あ、榊原さま。儂もご一緒させてくだせえ」

もう暗い街道に出ていた真吾を、杢之助は茶の一杯も飲まず追った。板橋宿のときと同様、

(動かねば策も湧いてこぬ。動いたればこそ……)

それがいまの杢之助の〝策〟なのだ。

だが清次は樽椅子から立ち、

「杢之助さん！　相手は……」

言いよどみ、

「それに、板橋宿の首尾は」

訊ねた。言いよどんだ先は、

（相手は木挽きの宗三ですぞ）

その言葉であるのを杢之助は解している。

しかし立ちどまり、躊躇なく、

「儂もその者の顔は確かめておきたいのですじゃ。それにほれ、提燈を持って行きませんので、相手からこっちの顔は見えませんわい」

まだ手に持っていた提燈を清次に押しつけるように渡し、

「板橋宿は上々。あとはこれから追う二人が気がかりなだけでして」

その言葉に清次は、杢之助が牧太をすでに葬ったことを解した。

「ははは。人を尾行するのに提燈を持たぬは当然。さあ、これ以上ときを置くと見つけられませんぞ。板橋宿のようすは道々聞こう」

横で待つように立っていた真吾は杢之助を急かした。もちろん自分も提燈を手にしていないが、杢之助にはもう一つの理由があることにまでは思いを馳せていない。

清次はさきほどそれを警戒し、暖簾を下げるのさえ志乃を奥から呼んで自分の顔はさらさなかったほどである。

「それじゃお二人ともお気をつけなさって」

言ったものの、やはり心配の色は顔から消せなかった。

真吾と杢之助の動きに、藤兵衛はあれよあれよという思いのなかに見つめるばかりで、腰高障子のところまで身を運び闇のなかへ歩を進めた二人に、

「木戸番小屋には栄屋《うち》の者を引きつづき出しておきますから」

言うのがやっとであった。商人であれば、物の売り買いには度胸も思い切りも発揮するであろうが、こうしたことには慣れていない。手代は藤兵衛に言われて木戸番小屋へ戻り、居酒屋の店場は藤兵衛と清次の二人となった。

「最初は単なる迷子かと思いましたのに、えらい事件になりましたなあ」

「はい。これも木戸番さんがいつも言っている、町の平穏のため。榊原さまがついていてくださるから大丈夫でありましょう」

話しているところへ、

「おまえさん。与市ちゃんのことだけど」

志乃が奥から出てきた。

「やはり太一ちゃんから離せないみたい。今夜はおミネさんと一緒にここへ泊まっていってもらおうと思うのですが」

無理もない。四歳の身で両親が突然いなくなり、自分を可愛がってくれていた老女

中と闇のなかをさまよい、それが目の前で殺され、いま自分がどこにいるかさえ理解できていないはずなのだ。

「おミネさんさえよければ」

清次は応えた。奥から、与市と太一がはしゃぎ、

「まあまあ、二人とも」

おミネの言っている声が聞こえてきた。

「それにおまえさん。杢之助さんと榊原さまは？」

「なあに。敵の動きを知るのが最善の防御になるからなあ」

清次が言ったのへ、志乃は得心したように頷いた。奥からまた与市と太一の声が聞こえ、

「はいはい、二人とも」

奥へ急ぐように戻った。

「酷《むご》いねえ」

藤兵衛は淡い明かりの中で呟くように言い、

「それにしても清次さん。あんた、まるでいくさの軍師のようなことを」

「いやあ。包丁人をやっておりますと、みょうな者《の》を相手にすることがよくありまし

てネ。以前、あっしは大川の船宿におりまして、船頭もやっておりましたから」

「前にもそれは少し聞きましたが、あんたもいろんな道を踏んでここへ来なさったのだねえ」

栄屋の番頭から婿養子に入り、女房に浮気をされ、そこに現在《いま》がある自分の踏んできた道を振り返るように、藤兵衛は言ったものである。

六

そこは木挽きの宗三と半次には慣れない街道であり、提燈も持たず足元に用心深くゆっくりと歩を踏んでいるはずである。

李之助と真吾は急いだ。急ぎながら、

「まったくもって、おぬしもみょうな木戸番だのう」

「榊原さまこそ、みょうなご浪人さんで」

「はは。お互い、みょうな道を踏んできたようだのう」

「そのようで」

低声で交し合っている。李之助は真吾と話しているとき、きわどい内容に触れよう

としてもみょうに安心できる思いを感じている。真吾は李之助を、

(以前はお庭番だったのかのう)

実際に思っているのかもしれない。さきを問おうとしないのは、そのせいなのかもしれない。

大木戸の石垣が見えた。見えたというよりも、その向こうにはもう内藤新宿の明かりがつづいているため、手前の往還の両脇に組まれた石垣が闇にボウと浮かんで見えるのだ。

「おっ、あの影」

「の、ようです」

石垣を抜けたところだ。二つの影が前方に広がる明かりを受け、ぼんやりと浮かんで見えた。ゆっくりと歩を進めている。これが明るいところなら、

「おや？　あの片方、身軽そうな」

と、真吾は看て取ったかもしれない。だがいまは、わずかに動いている影が見えるのみである。

(うむ。あれが木挽きの宗三か)

李之助は目を凝らした。右手の男である。李之助は夜目が利く。その男の容《かたち》を慥

と捉えた。

「お頭、牧太兄イとの待ち合わせはこのあたりでしょ。まだ戻ってきていないようですねえ」

「遅くもなろうよ」

木挽きの宗三と半次は話していた。宗三にしては、牧太が土左衛門になって石神井川を上野不忍池に向かっているなど夢想だにしていない。

（たかが老いぼれ番太だ）

いまなお思っている。ただ、

（場所と手段を選ぶのに手間取ったか）

脳裡にめぐらした。

「お頭、その辺の屋台にでも」

「いや、まっすぐ歩け」

言っている。

「え？　でも、牧太の兄イをこのあたりで」

半次は両脇の軒行灯《のきあんどん》や提燈、屋台の灯りなどへキョロキョロと視線をながし、ときおり振り返ったりもする。提燈を手にこれから遊ぶ店を物色している影、屋台で一杯ひっかけている影が蠢《うごめ》いている。昼間は荷運び人足や駕籠舁きたちの汗がみなぎるおもて通りが、日の入りとともに様相を一変し、脂粉の香がただよいはじめるのが内藤新宿の、他の街には見られない特色である。振り返った半次の視界に、杢之助と真吾の影も映ったはずである。遊び客のなかに侍がいてもおかしくはない。もう一人の腰をかがめた頰被りの男は下男か案内人のように見える。

「どこまで行くのかのう」

「この街に当面の塒《ねぐら》でも置いているのでしょうか」

杢之助も真吾も、前方の賊徒二人が牧太なるもう一人と大木戸の付近で待ち合わせの約束をしていることなど知らない。ただ視界のなかに動く二つの影を見失わない距離を保って歩を進めている。

「おっ、枝道に入ったな」

「はい。少し急ぎやしょう」

二人は歩を速めた。前方の足の動きは、なにかを物色するようでもなく、目標があって進んでいるように感じられる。前もって何度か歩いたのか、すでに地理は心得ているようだ。

「お頭、どこへ行くので？　牧太の兄イ、もう帰ってきてさっきのところで待ってるかもしれやせんぜ」

「黙って歩け」

枝道には飲み屋や茶屋がならび、両脇の提燈がぶらぶら歩きの男たちを浮かび上がらせ、ときおり呼び込みの女が出てきて酔客の袖を引いている。女たちは人を見るのか、遊び人風体の宗三や半次には声をかけない。

「お侍さん。お腰のもの、預からせてくださいな」

真吾には声がかかる。

「あ、、姐さん。また、あとで」

杢之助が適当にかわし、真吾ともども前方の二人を見失わないよう歩を進める。軒の明かりは徐々に減り人の影もまばらとなり、やがて自分の手に提燈がなければ足探りしながらでないと進めないほどとなる。

「お頭ア、いったい……」

さらに角を曲がり、前方の二人は路地裏のようなところに入った。闇の狭い空間に夜目の利く者でも、音がなければ黒い影の動くのを察知するのは難しく、ただ気配に頼る以外にない。

杢之助と真吾は歩をとめ、呼吸をするにも相手に気配を覚《さと》られぬよう気を遣《つか》った。

聞こえてくるのだ。

「お、お頭ア。ここ、道がありやすので？　通り抜けられるんですかい」

頼りなさそうに聞こえるのは若いほうの声か、

「半次よ」

もう一人の声が、低くその者の名を呼んだ。杢之助には初めて聞く木挽きの宗三の声である。

「へ、へえ」

半次なる若いほうが応えたようだ。二人は足をとめている。

「おめえなあ、大津茂屋に押し入るまでは役に立ったが、あとがいけねえぜ」

「ええ？」

「事に臨んで身を震わせやがってよ。ガキと女中を逃がしたのもおめえのせいだ。これからさきゃあよ、おめえみてえなドシロウトがいたんじゃかえって足手まといだ。あのガキの始末をつけるにも、俺と牧太の二人のほうがやりやすいってことよ」

「おぉぉ、おかしらー！」

驚愕したような牧太の声だった。

つぎの刹那だった。

「ウッ」

影の動くのと同時に単発的な呻きが聞こえ、さらに血潮の噴き出す音とともに動いた影は素早く横に飛び、小走りの足音を前方に立てて消えた。路地は通り抜けになっているようだ。

（あの走り！）

紛れもなく、かつて李之助の覚えた盗賊の足である。

（野郎、いまも）

瞬時に李之助の脳裡は回転する。

さらに目を凝らした。

残った影が、その場によろよろと崩れ、あとは動かなかった。血の臭いがする。大量に流れているのか、動脈を切断したようだ。

「あっ、旦那っ」

踏み込もうとした真吾の袖を李之助は取った。

「無理ですぜ」

「うむ」

真吾は肯《うなず》いた。すでに手遅れであることは分かる。それに、踏み込むにもその路地に下水の溝があるのかドブ板はどうなのかも分からない。影が動いた瞬間に踏み込んでいたとしても足をいずれかにとられ、流血を防ぐことはできなかったろう。それだけまた、去った影の動作は速かったのだ。

「杢之助どの、いかがいたす」

「帰りやしょう」

「うむ」

真吾はまた肯是《こうぜ》の頷きを返した。

仲間割れというよりも、束《たば》ねの者が足手まといを切り捨てたのだ。思いがけない事態である。殺《や》った男は、最初からそれを意図していたようだ。しかも場所を選んでいる。内藤新宿は一歩裏に入れば、酔っ払い同士の刃傷沙汰、勢力争いによる殺し、果ては女郎が客に殺され、女郎が客を刺すこともある。それらを一つ一つ宿場役人に届けていたのなら、かかわった店は商売ができなくなるし役人も煩《わずら》わしがるだけで、土地の者が密かに処理するほうが手っ取り早い。まして遊び人風体の死体など、町はできるだけ出費を押さえ、さっさと無縁仏にしてしまうのがいつもの手法である。それが内藤新宿の裏手に蠢く者たちの生きる智恵である。おもての者も、そこに異議は唱えない。むしろ宿《しゅく》の平穏のため、その仕組みを是《ぜ》としている。そこへ内藤新宿の住人でない者が、なにがしかの事件を目撃したなどと騒ぎ立てれば、この町の住人がかえって迷惑する。

「さっきの殺し、源造さんにつなぎやしょう。そのときは榊原さま、よろしくお願いいたしますよ」

「ほう、どのように」

二人の足は、別の路地と枝道を経ておもての街道へ向かった。

呼び込み女たちの声が競うように大きくなり、数も増えている。街道にはさらに明かりと酔客の動きはつづいている。

(さあて、このさきをどうするか)

歩を進めながら、杢之助の脳裡はめぐっていた。半人前だったのであろう、若い半次を葬った木挽きの宗三は、一人前と見た牧太のいつまでも帰ってこないことに異変の発生を察知し、

(このまま逃亡)

するかもしれない。そうなれば、杢之助の身も清次も安泰であり、源造を通じて与市を板橋宿へ返せば左門町に平穏は戻る。だがそれでは、

「浮かばれねえ」

殺された与市の両親と店の奉公人、それに老女中の霊である。思わず口に出した杢之助に、

「そのとおりだ」

真吾は返し、

「押し込みのときも、さきほどのように殺害したのだろう。自分の欲と都合でたやすく人の命を奪う者など、野放しにしておくのは危険だ」

低いが断定する口調だった。意を決したのだろう。もちろん木挽きの宗三を、

（葬る）

ことである。

「榊原さま」

「なんですかな」

すぐ前方に大木戸の石垣がある。

「儂はちょいと引き返し、ようすを見てきやしょう。逃げた野郎の足取りも探れればいいのですが」

「ふむ、よかろう。その方面には、おぬしのほうが慣れているようだからなあ」

「ははは。どういう意味ですかい」

李之助は故意に笑いをつくった。

「いやいや、他意はない。ともかくそれがしは用心のため、いましばらく与市のところにいよう」

「へい。お願い致しやす」

大木戸の石垣の陰に入ったところで李之助は、真吾から逃げるようにくるりときびすを返した。

(なんとも奇妙なお人だ)

宿《しゅく》の明かりへ戻りながら、李之助は冷や汗をかいていた。真吾もまた、

(ふふふ。あの身のこなし、常人にはできぬ)

振り返りもせず、いきなり暗闇となる街道に歩を入れ、呟いた。このあと清次には、さきほどの路地のようすが真吾から話されることになろう。

七

歩の運びとともに李之助の脳裡は動いていた。異変を感じれば即座に逃げるのが盗賊の本能である。それは李之助が最もよく知るところである。だからこそ、

（逃がしちゃならねえ。引きとめておかねば……）

窮余の策でもよい。考えながら内藤新宿の夜に歩を踏んでいる。

　木挽きの宗三は、どこかで牧太と落ち合うはずである。さっき街道から宗三と半次を尾けたとき、大木戸の石垣を宿《しゅく》に入ったところで半次がしきりにキョロキョロしていたのを見逃していなかった。それをいま思えば、

（ここか⁉）

杢之助は素早く、いまは無人となっている大木戸の番小屋の軒端に入り込んだ。昼間ならそこに突棒《つくぼう》や刺股《さすまた》などが、往来人を威圧するように飾り置かれている。石垣と同様、その軒端に明かりはなく、杢之助の黒っぽい衣装が入れば闇に溶け込む。

明かりのある方向をうかがった。屋台がところどころに出て、酔客の影がまばらに動いている。

（ここへ来い、木挽きの宗三。来てもらわねば、あとに方途はないのよ）

切羽詰った思いで、杢之助は待った。

当たっていた。来たのだ。

殺害現場から大きく離れ、さらに迂回して来たのであろう。あたりを物色し、近くの屋台をのぞきながらまばらな影のあいだに、木挽きの宗三は明かりの多い往来のほ

うからゆっくりと歩を拾っている。

(さあ、宗三。ここだ、ここだ。こっちへ来て、この軒端に背を向けろ)

李之助は念じた。

宗三の影は動いている。

近寄ってきた。往還のほうから、軒端はまったくの闇である。

(そうだ、宗三。もう少しだ)

李之助の視界のなかを影は一巡し、ゆっくりと軒端に近づき、とまった。その身は、わずかに石垣のほうへ向いた。背が、軒端に向けられた。

(そう、それでよいのだ)

李之助は念じ、やおら声を前面に低く這わせた。

「木挽きの」

ビクリとその肩が動き、瞬時、硬直したようだ。

「そうだ。そのまま動くな。木挽きの宗三」

宗三は声が背後からと悟ったか、振り向こうとする。

「動くな。動けばどこから刃物が飛んでくるか分からねえぜ」

「ううっ。誰だ！　てめえは」

声に動きを封じられたまま、宗三も闇に声を這わせた。近くに動く酔客からは、ただ男が人待ちげに立っているだけにしか見えないだろう。

「ふふふ、木挽きのよ。板橋宿へ向かったおめえの手下、もう帰《けえ》ってこねえぜ。おめえがさっき殺った野郎とおなじようにな」

「ううっ」

宗三の躰《み》はふたたび硬直した。極秘の所業がすべて見透かされている。これほどの恐怖はない。さらに杢之助は浴びせた。

「大津茂屋はな、儂が目をつけていたお店《たな》だったのだぜ。そこを下手なやり方で押し込みやがって。そのうえ面《つら》までさらしやがるたあ、盗っ人の風上にも置けねえ」

「うううっ」

「教えてやろう。あそこのガキはもうあの居酒屋にはいねえぜ。ふふふ、あれが生きている限り、おめえはもうお天道さまの下は歩けねえ」

宗三の恐怖は倍加し、足を震えさせはじめた。杢之助にとってこれほど愉快なことはない。手を伸ばせば届く距離にいながら、相手にはそれが分からないのだ。

「ぐぐっ。お、おめえ、い、いってえ。そ、それに、ガ、ガキはどこへ！」

「一度に二つも訊くねえ。まずは、おめえより年季を積んでいる先達《せんだつ》と思いねえ。それにガキはなあ、四ツ谷御門前の、知ってるかい。御箪笥町という町だ。そこの岡っ引の塒に今夜から移されてらあ。だが、身許はまだばれちゃいねえ。しかし早晩ばれようよ。四歳のガキでもバカにはできねえ。あと二、三日もすりゃあ、奉行所が人相書きに手をつけるかもしれねえ。それに、板橋宿から引き取りの者が来るかもしれねえしなあ」

「お、おめえ。あの、い、居酒屋の者か」

「ふふ。あそこはただの親切な居酒屋さ。おめえにその気があれば、あの居酒屋の裏の木戸番小屋を探ってみねえ。つなぎはつくようにしておくぜ」

「エッ！　お、おめえ」

筋肉が元に戻ったか、宗三は再度振り返ろうとした。

「おっと。刃物が飛んでくるぜ」

動きをとめ、宗三はふたたび前方に顔を向けたまま問いかけてきた。

「ま、まさか、あそこの、番太郎!?」

「さあて、それはどうかな。儂はつなぎと言ったはずだぜ。訪ねてみな。懐かしい顔に会えるかもしれねえぜ。きょうはもうこのまま塒に帰りな。宿《しゅく》のどこかに取ってるんだろう。きょうはここまでだ。刃物を受けたくなけりゃ、そのまま前に進むんだ。

明るいほうが却《けえ》って身は安全てえことは、おめえなら分かろうよ。ほれ」

　李之助はうながした。

「うううっ」

　宗三は言われるまま、というよりは命じられたように、一歩、二歩と、足を前に動かした。暗い軒端から徐々に離れ、やがて酔客のなかに紛れた。

　――ふーっ
　李之助は大きく息を吐いた。愉快だっただけではない。緊張がそれに数倍していたのだ。一か八かだった。なかば木挽きの宗三に身をさらしたのだ。宗三はあしたにも木戸番小屋に訪ねてこよう。そのときには、白雲一味の副将格であった身をすべてさらすことになる。それが李之助にとって、左門町の平穏を保つための、

（動けばこそ）

の〝策〟である。さらにそれは、

　――世のためにも
　思いを強くしていた。あのような男を世間に放しておくのは、

「――危険」

　榊原真吾も言っていたのだ。

身を壁に沿って這わせ、さらに石垣に背を密着させ、闇の街道へ出た。速足に前方の左門町へ向かった。木戸を閉めるには、まだ少しの間がある。

木挽きの宗三は足をとめ、振り返った。

「ううっ」

追い求めるように、石垣のほうへ数歩走った。だが、すぐにとまった。……明るいほうが……さきほどの声が耳に甦《よみがえ》ってきたのだ。

木戸番小屋に明かりがあった。栄屋の手代がまだいるようだ。

清次の居酒屋では、真吾が夜明けごろまで護りにつくつもりで、すでに仮眠をとっていた。清次は戻ってきた杢之助と、多くを話す機会はなかった。だが、真吾が目を覚まし小用に立ったとき、木挽きの宗三が木戸番小屋に来るかもしれないことを聞かされ、

「きわどいことを！」

絶句した。だが、杢之助には〝策〟がある。

「さあ、あしたは源造さんも動くぞ」

その言葉は、部屋に戻ってきた真吾の耳にも入った。

「どうなるのかのう。軍師は杢之助どのだ。お任せするぞ」

言うと、すぐまた仮眠に入った。さすがに侍である。奥の部屋の女子供たちは、すでに深い眠りについている。

「さあ、木戸はもう閉まっていたし、儂も引き揚げて寝るとするか」

杢之助は裏手から帰った。

この日、朝から焼き芋を焼き、荒物を売り、さらに拍子木を鳴らし火の用心にまでまわったのは栄屋の手代であった。それが筆頭町役の手の者であれば、町内の住人たちが奇異に思うことはない。さきほど帰りしな、待ちくたびれたようすもなく、

「いやあ、木戸番さん。けっこうおもしろいものですねえ。また手伝いますよ」

手代もまた、護国寺の音羽町まで行った丁稚にくらべれば割に合わないが、しばし本業の古着商いから離れ開放的な気分になったのかもしれない。

「また藤兵衛旦那に言って、お願いしますよ。……たぶん、あした」

杢之助は言っていた。

部屋に一人となり、油皿の灯りを消し、すべてが闇となったなかに掻巻をかぶった。

いまごろ木挽きの宗三は内藤新宿のいずれかの木賃宿に逼塞《ひっそく》し、考えに考え、これまでの出来事もさまざまに思い起こし、そして答えの出ぬなかに身を震わせているこ

とであろう。得体の知れない相手ほど、恐ろしいものはない。今宵、動けるものではなかろう。木戸番小屋の闇のなかで杢之助は一人想像し、呟いた。

「明日だぜ、木挽きの宗三よ」

盗賊の因果

一

起きた。まだ暗い。眠りが深かったから、目覚めの気分は爽快だった。きょうは出かけるのではなく、

――待つ

のだから、早く起きる必要はなかった。だが、覚めてしまった。

「さあて、よしっ」

掻巻《かいまき》を蹴ったとき、もう頭は正常に働いていた。

（来い！　木挽きの宗三）

上体を起こすと、いつもならまだだるい体に力がこもっているのを感じる。

なお暗いなかを長屋の路地奥の井戸に向かった。如月《きさらぎ》(二月)なかばの夜明け前の冷気は、身を引き締めるのにちょうどよい。勝手知った路地に夜目の利く杢之助なら手探り足探りの必要もなく、まだ人の動く気配がない長屋の腰高障子のならびに下駄の音を響かせることもさらにない。

いきなり釣瓶《つるべ》の音がながれ、水音が立った。

「ふーっ」

やはり水は冷たく、顔にバシャリと音を立てれば全身に鳥肌が立つのを感じる。

「さあて」

また呟《つぶや》き、腰を上げた。いつもなら朝の早いおミネの部屋の障子戸にも、まだ人の動き出した気配がない。

(おう、昨夜は太一ともども与市坊の子守だったなあ)

思い出すように長屋の路地を出て木戸番小屋の前に戻り、

(開けておくか)

そのまま街道に面した木戸に向かった。

木のきしむ鈍い音が立つ。ようやく東の空に明るみが感じられ、街道にならぶ家々も輪郭を見せはじめた。日の出を告げる明け六ツの鐘が響くにはなおいくぶんの間があるのか、動く人影はまだ見当たらない。

「宗三よ、眠れたかい」

内藤新宿のある西方向へ呟いた。昨夜の、あのこわばった肩が思い起こされる。おそらく胸中を乱し心ノ臓の動悸を高鳴らせたまま、いまのこの時刻を迎えていることであろう。だから、

（早朝から出張ってこよう）

杢之助は予測している。正念場となるであろうきょうの一日は、もう始まっているのだ。しかし、このあとに行動すべき一連の具体策を立てているわけではない。

（ともかく対手《あいて》を動かし、その変化に応じ……）

きのう布石を打った、それが杢之助の〝策〟である。そこに沿い、清次の居酒屋も東隣の栄屋もすでに起き、それぞれの動きを示していることであろう。

ようやく明け六ツの鐘が響き、

「あれ？　もう開いてらあ」

「さすが左門町」

納豆売りや豆腐屋たちが左門町の木戸を入り、

「なーっと、なっとう」

「とーふーぃ、とーふっ」

長屋に向かって代わるがわる声を上げはじめたころ、おもての街道では志乃が雨戸を開けると昨夜泊まり込んだおミネが縁台を抱えて出てきた。いつもより早い。さらに志乃は暖簾を掛けながら、人の影が動き出した街道を右に左にと視線を投げ、遠くにまで目を凝らした。おミネもそれに倣《なら》った。いつになく白い顔がこわばっている。

昨夜一晩泊ったのだから、四歳児の与市坊がただの迷子ではなく、板橋宿で想像もできないような恐ろしい目に遭い、無我夢中で左門町まで逃げてきて志乃に拾われ、

「――その盗賊がネ、もうここに目をつけているらしく、杢之助さんと榊原さまがそれを確かめようと奔走し、町役の藤兵衛さんも気を揉んでなさるのサ」

昨夜、清次がおミネに話したのだ。もちろん、その過程に牧太と半次なる者がすでに殺されたことは、おミネに話す範囲外のことである。

それでも、

「――そ、そんな危ないこと！」

おミネは絶句し、

「――こ、この子、そんな恐ろしく、惨《むご》いことに」

呟き、太一と寝顔をならべている与市を見つめ、みずからもブルルと身を震わせた

ものである。

横合いから志乃が、

「――だからおミネさん。あたしたち、ただ黙って見ていましょ。慌てたりすると、かえって盗賊たちにこちらの動きを悟られることになるでしょうから」

言っていた。おミネは身をこわばらせ、コクリと頷いていた。さらに訊《き》こうと思っても、志乃が淡々としているのでは訊きにくい。

だが、二人ともただ恐れ、凝《じ》っとしていたわけではない。それの一つが、きょうのいつもより早い朝の準備だったのである。

「おまえさん、来ていないようです」

店の中に戻った志乃の報告に、

「そのうち来るだろう。どんな変装を扮《こしら》えてくるか見物《みもの》だ」

板場で火を起こしながら清次は返した。

おミネも確認するように左右に視線をながしてから中に戻り、

「いま、お隣さんも大戸が動いたようです」

報告というより、いつもの世間話のように言った。

「さ、おもてのお茶とあたしたちの朝御飯の準備」

「あたし、太一と与市ちゃん、見てくる」

志乃は清次とともに板場に入り、おミネは奥の部屋に戻った。また二人の寝顔を、ソッと見つめることだろう。

おミネの言ったとおり、となりの栄屋の大戸もそのとき音を立てていた。さきほど明け六ツの鐘が鳴りやんだばかりだ。

栄屋では大戸が上げられたのではなく、動いたのは大戸の潜り戸だった。商家で大戸を上げるのは営業の開始を意味する。古着商いが日の出とともに朝の準備はしても商いまで始めることはない。出てきたのは丁稚だった。潜り戸の中に見送りか人の影が見えたのは、あるじ藤兵衛のようだ。丁稚が出かけるのにあるじが見送りなど、尋常ではない。

街道に出た丁稚はようやく射しはじめた陽光のなかに、四ツ谷御門の方向へ駈け出した。すでに見られる旅装束は、いずれも四ツ谷大木戸のある西方向へと歩を進めている。きのう杢之助を護国寺の音羽町まで追いかけ、店を離れた開放感を堪能した丁稚である。きのうはすでに荷馬も大八車も街道に出ていた時分だったから、東方向へ走っても目立たなかったが、きょうは西へ向かうまだまばらな旅装束のなかに、一人だけ逆走しているのだからけっこう目立つ。目立つといっても街道両脇の住人がおもてに繰り出しているわけではない。急いでも人にぶつかる心配もなければ、何事かと住人の目を引くこともない。

御門のかなり手前で北への枝道に走り込んだ。あちこちの路地に朝の煙が立ちはじめている。もう一度角を曲がれば御簞笥町である。まっすぐ突き進めば、きのう裏手を通り過ぎた尾張《おわり》藩徳川家の上屋敷に行き当たる。

曲がった。往還にはまだ納豆売りや豆腐屋たちが触売《ふれうり》の声を上げている。小間物屋の雨戸は閉まっていた。当然ながら開けるにはまだ早い時刻である。いきなり丁稚は叩いた。近所の者は、早朝から岡っ引の雨戸がけたたましく鳴りだしたのだから、驚くと同時に八幡宮でまた死体が、などと思ったかもしれない。

「はいはい、どなた」

中から女の声があり、雨戸が動いた。丁稚は源造の顔は知っていても、女房どのまでは知らない。寝巻きに化粧っ気のないまま色物の法被《はっぴ》を羽織っている。

「左門町の栄屋から急ぎ参りました。源造親分へ」

丁稚は息せき切ったまま言う。夜明けの雨戸の音には源造も驚いたか、

「おめえ、栄屋の小僧じゃねえか。どうした、まさか左門町に盗賊どもが⁉」

女房が呼びに奥へ戻るまでもなく、つづくように店場の板敷きに出てきていた。寝

巻きのままである。

「あ、親分！　木戸番さんがすぐ来てくれと！　栄屋《うち》のあるじに言われ、走って参りました」

「だから何があったんだ。まずそれを言え」

「ですから、早く来てくれと、木戸番さんが」

「だからいってえ何が」

源造はじれったそうに言いかけ、ハッと言葉をとめた。バンモクが呼んでいる。しかも至急に……である。

（盗賊野郎！　与市を狙いやがったか）

察しがつく。同時に、

（手掛かりがつかめるぞ）

脳裡にめぐり、太い眉毛をビクリと上下に動かした。源造の言う〝盗賊野郎〟とは、板橋宿で大津茂屋を襲い、市ケ谷でも凶行を重ね、さらに殺し損ねたガキを左門町で狙っている盗賊……そこまでの認識である。このことをまだ八丁堀には話していない。それが木挽きの宗三であり、手下が牧太に半次という名であることなど、杢之助と清次だけの秘密であり、他の誰一人として、栄屋藤兵衛や榊原真吾とて知らない。丁稚もいま、あるじの藤兵衛から命じられた口上を述べているだけである。

「おう、分かったぜ。すぐ行かあ。で、なにかい。左門町で派手な立ち回りなどはなかったかい」


源造の脳裡に榊原真吾の顔が浮かんだ。もしあったなら、

（すでに賊の一人くらいは）

皮算用を弾《はじ》いた。だが藤兵衛は源造からの質問など想定しておらず、丁稚はただ、

『――口上を述べたらすぐ帰ってきなさい』

命じられているのだ。

「い、いえ。そんなことはなにも」

「そうかい。ともかく了解したと藤兵衛旦那と木戸番に言っといてくれ」

寝巻きでは即座に飛び出せない。源造はいくぶん残念そうに言うと奥に消えた。

「へい、さように」

「あ、小僧さん。お茶でも出しましょうから」

すでに台所では火を起こしてあるのか、女房どのが言ったときには、

「いえ、すぐ帰るように言われていますので」

丁稚はもう敷居を外へまたいでいた。戸を叩く音が大きかったのか、野次馬が数人

おもてに立っていた。出てきた見知らぬ小僧の顔を怪訝《けげん》そうに見て、

「源造さん、なにかあったのですかね」

半開きの雨戸の中に声を入れる者もいた。

「いいえ、なんでもないですよう」

女房が返していた。さすが岡っ引の女房で、そのあたりは心得ているようだ。すでに源造から、

「——左門町の迷子な、名目上だがここで預かってることにするかもしれねえぞ」

とも、すでに聞かされている。

奥では、

「おい、ともかく腹ごしらえだ。立ち回りがなかったのなら大至急でもあるめえ」

源造は言っていた。のんびりしているわけではない。雨戸が夜明けにけたたましく叩かれ、源造が押っ取り刀の態《てい》で出ていったなら近所の噂を呼び、左門町まで走ってついてくる者まで出るかもしれない。源造にとっては左門町の〝迷子〟が板橋宿での一家惨殺事件の遺児であることは、杢之助とだけの、まだ八丁堀にも勘づかれてはならない極秘事項なのだ。そこに事態の動き出したことを感じ取り、

（ようしっ）

内心には逸《はや》るものを秘め、

「おい、早くしろ」

台所に入った女房を急かした。

左門町の木戸番小屋では、

（ともかく動き出してから策を）

杢之助は念じていた。一人ではない。いま、清次も藤兵衛も、それに真吾も一丸となっている。

二

「おう、杢さん。行ってくらあよ」

「さあて、きょうは近場《ちかば》で」

松次郎と竹五郎の声が腰高障子を経て木戸番小屋に入ってきたのは、きのうおととい のようにまだ長屋の朝の喧騒がつづいているときではなく、いつもの六ツ半（およそ午前七時）ごろであった。きょうは市ケ谷ではないようだ。〝近場〟と言ったのは竹五郎の声だった。

「おう。待ちねえ、待ちねえ」

杢之助は慌てて下駄をつっかけ、腰高障子を引き開けた。

「なんでえ、杢さん」

松次郎が天秤棒の動きをとめ、竹五郎も背に羅宇竹の音を立て、振り返った。まだ木戸の手前で、二人とも先を急ぐようすではない。

「近場って、どこかね。きょうはもう市ケ谷じゃねえのかい」

「あゝ、あそこは二日つづきだったからなあ。近いうちにまた行かあ」

「それできょうは趣向を変え、西隣の塩町から向かいの麦ヤ横丁へ」

「早く帰りゃあ、この左門町もながして地元を固めようってことよ」

松次郎も竹五郎も余裕を持った口調で言う。

「だったら内藤新宿などどうだい。あそこも近場のうちだぜ」

「そりゃあそうだが、またどうして」

松次郎が問うのへ、

「いやさ、あそこなら人の出入りも多いし、迷子でなにか変わった噂でも転がっているんじゃないかと思ってな」

「そういやあ、市ケ谷といいこっちの迷子といい、わけの分からねえことばかりだ。

おもしれえかもしれねえなあ。どうする、兄弟《きょうでえ》」

「そうだな。塩町や麦ヤに約束があるわけじゃなし、行ってみるか」

行く先を定めたか、松次郎は天秤棒の紐をブルルと震わせ、竹五郎は背の道具箱を両手でグイと持ち上げ、ガチャリと音を立てた。

「鍋の底を打ちながら、噂も聞きまくってくらあよ」

「迷子となりゃあ、あそこなら案外なにか落ちてるかもしれねえ」

二人は左門町の木戸を出て街道を大木戸のある西方向へ曲がった。

杢之助も人が悪い。昨夜の路地裏の殺しが地元でどう噂されているか、それを知りたかったのだ。漠然とした噂だけなら、期待どおり内藤新宿の構造が機能していることになる。さらに、それがきょう一日でどう変わっていくか、松次郎と竹五郎の耳と足を通じれば、かなり詳しく知ることができる。

二人の出かけたあと、しばらくしてから聞こえるのは、

『おじちゃーん』

と、決まって五ツ（およそ午前八時）すこし前の太一の声だが、昨夜も太一は清次の居酒屋に泊まっている。

（さて。もうそろそろだが、街道のようすはどうかな）

思うと同時に、

（源造さん、遅いじゃないか。早く来てもらわねば手遅れになるぜ）

と、そのほうにいささかの焦りが感じられてくる。

おもてでは、

「うん、行ってくるよ」

太一が街道に飛び出していた。

「ほらほら、気をつけて」

おミネが声をかける。手習い道具をヒラヒラさせながら街道を走って横切り、向かいの麦ヤ横丁の通りに飛び込んだのは太一ひとりである。

けさがた、

「――どうして？　与市ちゃんは？」

太一は不満顔をつくったものだが、清次や志乃に、

「――きょう与市坊は大事な用事があるから」

「――さあ、お師匠もそれはご存じだから」

と言われ、与市を奥の部屋に残したまま手習い処に向かったのだ。榊原真吾は、夜明けごろまで万が一の押し込みにそなえ仮眠をとっていたが、日の出のあとすでに一

応の安堵とともに手習い処へ戻っている。

（どうだったかな）

思いながら杢之助が七厘の炭火の具合を見ていると、軽快な下駄の音が街道のほうから木戸の中へ響いてきた。いつもなら長屋の路地から太一を追いかけるように響くのと逆の方向である。

（さて、動いてくれたかな）

杢之助は腰を上げた。

「杢さん、杢之助さん！　来てた。やっぱり！」

おミネは腰高障子を引き開けるなり早口に小声をつくり、敷居を跳び越え三和土《たたき》に立った。

「ほう」

「じゃあ、あたし。またお店のほうへ」

満足そうな表情になった杢之助におミネは状況を話し、きびすを返した。

手習いの始まる時刻に合わせて街道の動きに混じり、きのうおもての縁台に腰を下ろした道中姿の男が居酒屋を見張っていたのだ。職人姿であったのを、志乃がすぐに見破った。木挽きの宗三である。手斧《ちょうな》を肩に引っかけていたそうな。大工道具の一種で、先が湾曲した三尺余（およそ一米）の木の柄の先端に鍬形《くわがた》の刃物をはめ込んだ、材木を平らに削る道具である。場合によっては武器にもなるが、元樵《きこり》とあっては職人姿もけっこう板につき、そうした手斧をひょいと肩に引っかけているのもきわめて自然で似合っているだろうに、すぐ見破るとは志乃の眼力もなかなかのものである。

居酒屋に視線を据えたまま、麦ヤ横丁の角の前あたりを行きつ戻りつしていたそうな。その双眸《め》は、暖簾《のれん》の中から出てきたのが大きめの太一で、小さな与市が一緒でないのを確認したはずである。

（やはり昨夜、あの得体の知れない野郎が言ったのは本当だったか）

宗三は〝確証〟を得たに違いない。

だとすれば、その他の話もすべて〝本当〟と見てよい。

（居酒屋め、あのガキを御箪笥町とやらの岡っ引のほうへ厄介払《やっかいばら》いしやがったか）

確信し、新たな困惑とともに焦りの念を滾《たぎ》らせたはずである。さらに昨夜の男は、四ツ谷左門町の木戸番小屋を訪れれば、

「――懐かしい顔に会えるかもしれねえぜ」

言っていた。

が、宗三は左門町の木戸を見つめながら清次の居酒屋や栄屋の前も通り過ぎ、

「四ツ谷御門のほうへフラフラ歩いて行きましたよ。どうしましょう。尾《つ》けましょうか。半纏姿に手斧を持っているから、見失っても捜《さが》しやすいですから」

ふたたびおミネが知らせに来た。

「ほっとけ、ほっとけ。それよりも与市坊を早く手習い処へ」

「そうそう、連れて行かなくっちゃ」

おミネはまたすぐさま街道のほうへ下駄の音を響かせた。昨夜の杢之助の言葉どおり、与市を左門町でも麦ヤ横丁でも宗三の目に触れさせることなく、きょうも夕刻まで手習い処が預かるのだ。

案の定である。木挽きの宗三は、

（こいつは厄介なことになった）

思いながら四ツ谷御門のほうへ歩を進めている。街道筋の居酒屋に忍び込むより、岡っ引の家のほうがはるかに困難なことは誰でも分かる。せめて場所だけでも、と御箪笥町へ向かったのだ。宗三の考えでも、岡っ引が〝迷子〟の与市と板橋宿の大津茂屋との関連に気づき、奉行所がしめたとばかりに半次を割り出し、人相書きまでは描けないものの牧太や宗三の年恰好や特徴をつかむのは、

（きょうかあしたか）

であろう。いずれにせよ忍び込み、与市の息の根をとめるのは今夜でなければならない。そのような宗三にとって、一つ安心できるのは、

(昨夜の野郎、同業に違いねえ)

点である。だとすれば、

(話し合いの余地はある)

それを確かめるより、ともかく与市の現在《いま》の所在場所を確認しておくほうが先決と考えたのだろう。だが、きょう昼間のうちに左門町の木戸番小屋へ、探りを入れてくるのも間違いのないところである。


おミネがふたたびおもての店に戻るのと入れ替わるようにだった。おミネが外から閉めた腰高障子にふたたび影が立ち、

「おう、バンモク」

だみ声とともに障子戸が音を立てた。源造である。ということは、街道のどこかで木挽きの宗三とすれ違ったはずである。二人とも気づかないのは当然で、木挽きの宗三はこれまで奥州街道を稼ぎの場としており、源造はその存在さえ知らないのだ。

「おう、源造さん。遅かったじゃねえか。待ってたんだ」

杢之助はすり切れ畳を手で示した。まだ荒物はならべておらず、七厘も炭火の具合を見ただけで芋は載せていない。

「朝早くから栄屋の小僧に叩き起こされたぜ」

言いながらうしろ手で障子戸を閉めてすり切れ畳に腰を据え、

「だがよ、ざっと見たところいつもと変わりねえじゃねえか。殺しの盗賊どもめ、どんな動きを見せたのだい」

声を低め、杢之助を見つめた。その両眼の眉がヒクヒクと動いている。

「あゝ、見せた。殺しだ」

「えっ」

突然のことに源造は眉の動きをとめ、

「どういうことでえ」

上体をよじったまま身を杢之助のほうへ乗り出し、ふたたび太い眉毛を動かしはじめた。早く話せとの催促である。杢之助もすり切れ畳に胡坐《あぐら》を組んだまま上体を源造のほうへかたむけ、声を低めた。まだ朝のうちで、通りに人通りはあるが荒物を買いに来る客などまだいなければ焼き芋の客もさらにいない。

「きのうの夜だ。おもての志乃さんから、胡散臭そうな遊び人風体の男が二人、店に来て迷子のことを訊いているってここへ知らせに来たのサ」

「ほうほう、それで」

　身を乗り出したまま源造の眉毛はさらに大きく動いた。

「儂はすぐ栄屋の藤兵衛旦那に相談し、手代をここの留守に出してもらって麦ヤ横丁の手習い処に走り、榊原さまに助っ人を頼んで、一緒に街道から居酒屋を張り込んでもらったのよ」

「ふむ、それでよい。おめえ一人じゃ心もとねえからな」

「まあ、そういうことにしときねえ。二人は出てきやがった。あとで志乃さんから聞いたんだが、迷子の子、もうここにはおりませんよって、間違いなく応えてくれたらしい」

「それで、迷子は俺んとこかい」

「いや、あとは曖昧に応えておいたらしい」

「さすがだな。で、殺しってのは？　それを早く言え」

　源造は自分で口をはさみながらじれったそうな口調をつくった。杢之助は真吾と一緒にあとを尾け、そこで賊徒らしい二人が内藤新宿に向かい、人通りのない路地裏に入ると、いきなり一人がもう一人に飛びかかりアッという間に刺し殺して逃げ去った、と淡々とした口調で話した。

「お、おめえっ。それをすぐ俺に、なぜ知らせなかった！」

興奮気味に言う源造に杢之助はさらに落ち着いたようすで、

「そりゃあ最初はすぐにって思ったサ。だが源造さん、あんたも宿《しゅく》の仕組みは知っていなさろう」

「うっ」

さすがは源造で、杢之助の言おうとしているところをすぐに解した。杢之助はつづけた。

「死体が人目に触れるのは翌朝、つまりきょうの早朝だ。その前にあんたが乗り込んでみねえ」

源造には理解できる。よそ者の岡っ引がまだ発覚していない事件を嗅ぎつけ、手をつけようとしていることになる。内藤新宿の宿場役人も裏稼業の面々もこぞって源造を締め出し、今後内藤新宿には足も入れられなくなるのは必定《ひつじょう》である。

「榊原さまもそこは納得されてな」

「で、栄屋の旦那に頼んで、けさ早くに小僧を俺んとこによこしたのか」

「そういうことだ」

「で、おめえの算段は？」

源造は落ち着きを取り戻し、上体をいくぶん元に戻し、李之助の話を誘う体勢をとった。李之助は応じた。

「つまりだ、死体はまだ宿《しゅく》のどこかに隠されていようよ。そこへ源造さんがちょいと小耳にはさんだが、と向こうの顔見知りに筋を通してサ、死体を引き取って八幡町のほれ、自身番じゃ町の人らが困るだろうから、女の死体を無縁仏にしたお寺に預かってもらうのよ。費用なら、藤兵衛旦那が少しくらいなら左門町で考えてもよいと言ってなさる」

「おめえ。本当かい、藤兵衛旦那にそう言ってもらえりゃあ……」

「もちろん、きのうの晩よ。榊原さまもまじえ、藤兵衛旦那と相談したうえでのことだ。だからあの旦那も、けさ早くに丁稚を出してくださったのさ」

「うーん」

源造は唸った。内藤新宿なら、どこの馬の骨とも知れない遊び人風体の死体など、引き取る者があれば喜んで引き渡してくれることを、源造は李之助以上に詳しく知っている。それに、いまを逃せば死体はいずれかに消えてしまうことも、裏の道に通じている岡っ引なら十分に分かることである。

源造と李之助の、互いに声を落とした話はなおもつづいた。いま松次郎と竹五郎が内藤新宿をながしていることには、

「あの鋳掛《いかけ》野郎と羅宇竹《らうだけ》め。その気になって俺の下っ引につきゃあ、いい思いをさせてやれるのになあ」

真剣な顔で源造はあきらめ切れないため息をついたものである。

さらに李之助は言った。

「これからよ、やはりこの近辺では与市坊をあんたが預かってるってことにしておこうかい。そうすりゃあ清次旦那も志乃さんも安心しなさろうから」

「ほう、ありがたいぜ。そのほうがこっちも手間が省《はぶ》けらあ」

ためらうことなく源造は承知した。源造にしては対手が木挽きの宗三だけになっていることなど知る由もなく、八幡町の番太郎の証言から、まだ三、四人と思っているのだ。それを自分の塒へおびき出そうというのである。危険この上ない。それを承知する源造も、相当の度胸と気風《きっぷ》の持ち主というほかはない。李之助は内心にそれを認め、恐れもしているのである。

「おう。だったらおめえも宿《しゅく》までつき合えぇ。向こうへ筋を通すのは、おめえが言ったとおりにしようじゃねえか。さあ、そうと決まりゃあ早く行かねえとせっかくの死

体が消えちまうぜ」

こんどは源造のほうから急かすように腰を上げ、

「おう」

杢之助は応じた。元大津茂屋の奉公人であった半次の死体は、源造が手柄を上げるための、ことさら大事な〝証拠の品〟なのだ。

これからの杢之助にとっては、源造が待ち受けることになる木挽きの宗三の動きを終始掌中《しょうちゅう》に収めておかねば、対手の動きを見てからの〝策〟は進められなくなる。宗三は行動を起こす前に、きっと杢之助を訪ねてくる……。

三

杢之助と源造は連れ立って左門町の木戸を出た。いまごろ、木挽きの宗三は四ツ谷御簞笥町を徘徊《はいかい》していることであろう。

源造と杢之助が肩をならべて歩いているのなど、左門町の住人でも見るのはこれが初めてかもしれない。行きずりの往来の者でも、この二人、どんな組み合わせだろうと注目しようか。四十がらみの恰幅のいい男はさらに肩をいからせ、細身で五十は過ぎていようと見える白髪まじりの小さな髷の男は前かがみに歩を踏んでいる。あるじと下男にも見えないし、まして働き盛りの男が年寄りをいたわって歩いているようにも見えない。

この組み合わせが最初に行ったところは、木戸を出てすぐの栄屋である。源造にとっては死体運びと寺に収める供養料の財源であり、杢之助もまた木戸番小屋の留守を頼まねばならない。

費用は藤兵衛が言ったことである。他の町役たちにも異存はない。大きな揉め事が左門町を通り過ぎてくれるのだ。

「七厘、そのままなんですよ」

店先で杢之助が言うと、

「じゃあ、旦那さま。わたしが」

手代がすぐ木戸番小屋に走った。

「あ、儂を訪ねてくる人があったら、すぐ帰るからと言っておいてくだされ」

杢之助は声をかけた。木挽きの宗三が、留守中に御簞笥町から戻ってくるかもしれない。必ず来る……杢之助は確信している。

二人は内藤新宿へ向かい、源造の草履のかかとが地面をこすり、音を立てている。

肩をいからせて歩く男にとっては、その響きがまた小粋《こいき》なのだ。肩をならべても、李之助の下駄に音が立っていないのを源造は気がつかない。

「昨夜の殺しっての、本当だろうなあ」

草履の音のなかに、源造は念を押すように言う。松次郎と竹五郎は、源造が一人で訊きに来たのでは、草履の音など関係なく、

（ケッ、岡っ引が）

と、殺しの噂を耳にしていても言い渋るかもしれない。

「あゝ」

李之助は肯《うなず》きを返した。松次郎や竹五郎から話を聞き、すこしでも噂がながれていたなら、内藤新宿の者と話が進めやすい。まったく噂にもなっていなかったなら、夜明け前に処理され、何事もなかったことになる。そうなればせっかくの死体引き取りの話はこじれ、宿《しゅく》の者に事件を認めさせるため、李之助は昨夜尾行したことを話し、自分が目撃者であることを言わなければならなくなる。ことは厄介になる。

大木戸を過ぎた。繁華な宿場町で羅宇屋の竹五郎を見つけるのは難しいが、鋳掛屋の松次郎ならおかみさん連中か女中さんらしいのに訊けば、

「あ、それならそこの脇道を入って三つ目の角を曲がれば……」

と、案の定、すぐに分かった。しかもそこは、昨夜の現場に近い所だった。脇道を通り抜け、すぐ先には玉川上水の水音が聞こえる。その草地で松次郎は店開きをし、早くも三、四人の女が穴の開いた鍋を持って集り、ベチャクチャと井戸端会議ならずふいご端会議を始めていた。松次郎はまだ鍋底打ちにかかっておらず、ふいごを踏んで穴に打ち込む錫《すず》と鉛《なまり》の合金を赤く熱しているところだった。

「おぉう、杢さん。どうしたい。えぇえ、源造さんも一緒かい」

不意に顔を出した杢之助に、源造まで一緒なのへ驚きよりも怪訝な顔になった。

「宿《しゅく》のほうから来た人がみょうな噂をしていてな。たまたま源造さんがおもての縁台にいたもので、確かめてみようかと一緒に来てみたんだ」

杢之助が言うと、

「みょうなって？　ひょっとしたら、姐さん方がさっき話していた、あれ」

松次郎は女たちに顔を向けた。

「あら、こちらのお人、鋳掛屋さんのお知り合い？」

一人が言えばもう一人が、

「みょうなっていうよりも、またさね。どうせ与太の喧嘩で、よそ者さ」

さも嫌そうに言う。

噂になっていた。死体が土地の者ならそうもいかないだろうが、よそ者の与太とあっては、すぐいずこかへかたづけられたらしい。

「それでいいじゃないの。その度になんだかんだとお調べがあったんじゃゃ、地元が困ってしまうからねえ」

女たちも言っていた。やはり内藤新宿である。それだけ聞けば十分だった。

「おう。ありがとうよ、姐さん方」

源造が言ったのへ杢之助も、

「それじゃ松つぁん、精出してくんねえ」

つづけ、きびすを返した。

「なんだね、あの目のギョロギョロしたの。まさか岡っ引?」

背に聞こえる。

「いや、宿《しゅく》には関係ねえお人だ。さあ、打ちやすぜ。どなたから」

松次郎がかわしていた。

二人は来た枝道をおもて通りへ戻った。

「それじゃ源造さん、あとはあんたの腕の見せどころだ。期待してまさあ」

「おう、おめえもな。そのつど連絡は忘れるな、頼むぜ。ともかくきょうは忙しくなりそうだ」

源造は眉毛を上下させ、旅の者に荷馬や大八車の行き交うなかへ溶け込んだ。

李之助は急いで引き返した。急いでも下駄に音はなく、李之助にはやはり一人のほうが気楽に歩を踏める。

「おや、木戸番さん。早かったじゃないですか。訪ねてきた人は誰も……」

焼き芋を焼いていた栄屋の手代は、李之助が思いのほか早く帰ってきたのを意外といった表情で迎えた。非日常をもっと味わいたかったような口振りである。

「芋、さっき載せたばかりで。また、いつでも手伝いますよ」

口調に心残りを乗せ、敷居を外にまたいだ。

「はい、お願いします。きのうも言いましたとおり、今夜もまた……たぶん」

「えっ」

李之助の言葉に、手代は驚きと期待を込めた表情で、栄屋に引き揚げた。宗三はまだ来ていなかったが、

（おっ。やはりお出《い》でか）

すぐであった。おミネではない、けたたましい下駄の音が響いた。一膳飯屋のおかみさんだ。

「ちょいと、ちょいと、李さん！」

腰高障子を引き開ける音も源造なみである。

「どうしたのよ、いったい。迷子以来ここんとこ慌しそうだけど、ちゃんと教えてくれなきゃあたしらだって手助けのしようがないじゃないか」

開けた腰高障子をそのままに三和土に立った。荒物はまだ出しておらず、七厘の焼き芋を転がしたところだった。

「座りなよ」

「あらあら、李さん」

李之助がすり切れ畳を手で示したのへ、おかみさんはわが意を得たかのように小太りの腰を据えた。一膳飯屋のおかみさんに、李之助が座を勧めるなど珍しいことである。座るなりおかみさんは、

「さっきさあ、源造さんじゃない、来てたの。こんなに朝早くに、きっと何かあったんだよ。そのあと李さんまで一緒に出かけたりして。何があったのさ、どこへ行ってたのさあ」

せっつくように言う。李之助は横ならびに腰を下ろしながら、

「迷子の男の子なあ」

「うんうん」

「どうやら、ただの迷子じゃなさそうでねえ」

「えっ、どんなの！　それで源造さんが朝から⁉」

おかみさんはふくよかな膝を李之助のほうへねじった。

「そうさ。詳しいことはまだ分からないがね。それでともかく迷子の子を、ここじゃ危ないというので源造さんのところへ」

「えっ、御箪笥町へ？　そりゃあ、あそこのご新造さん、よくできたお人だって聞くし、でも源造さんがそこまでねえ。で、危ないって、その子、人攫《ひとさら》いから逃げてきたの！　それともなにか秘密を知って命を狙われているとか！　あっ、まさか市ケ谷の八幡さんの殺し、関わってるんじゃ⁉」

「滅多なこと言うもんじゃないよ。まだ詳しくは分からないって。だから源造さんがあちこち走りなさって。ともかく、おもての清次旦那も志乃さんも、これで一安心てとこかな」

「一安心て、だったら清次旦那も志乃さんもこの二、三日、大変だったんだねえ。そんなんだったら、もっと早く言ってくれればいいのに。みょうなヤツがこの町に入ってくりゃあみんなでおもてへ出て」

おかみさんは袖《そで》をまくり柔らかそうな腕を振り上げた。

「そうならないように麦ヤ横丁の榊原さまも気を配っていてくださるし。ともかく左門町からケガ人など出しちゃいけねえ。でもこのあと、乗りかかった舟だ。儂も榊原さまも、源造さんにはできるだけ合力《ごうりき》しようと思ってなあ」

「えっ、杢さんまで。ふんふん、それがいいよ。あたしらだって、なにか手伝えることがあったら言っておくれよ」

「もちろん、そのときは頼みまさあ。それよりもおかみさん、昼の仕込みは大丈夫かい。稼ぎ時がそろそろ近づいてるんじゃ」

おかみさんが開け放しにしていた腰高障子の外へ杢之助は目をやった。通りを行く人の影がかなり短くなっている。

「そうそう、そうだねえ」

一膳飯屋のおかみさんは、いつになく杢之助が詳しく話してくれたので満足そうに腰を上げ、

「なにかあったら、またきっと知らせておくれよ。みんな仲間なんだから」

敷居を外にまたいだ。

「そりゃあ、もちろん」

杢之助は返し、

「さあて」

すり切れ畳に上がり、荒物をならべはじめた。その脳裡には、

(源造はどう話を進めているか、木挽きの宗三はまだ来ないか)

さきを急ぐ思いがめぐっていた。

焼き芋にも荒物にもようやくいつもの木戸番小屋のようすがととのい、腰高障子と通りに面した櫺子窓《れんじまど》にすこしすき間をあけ、胡坐《あぐら》を組んだ。外のようすが、部屋の中からもよく見える。冬の寒さではなく、七厘の炭火のぬくもりに外の冷気が加わり、緊張を持続させるのにもちょうどよい。

数人、荒物や焼き芋を買いに町内の顔見知りが来たが、いずれもが迷子の噂で、なかには、

「あの迷子の男の子、いのち狙われてるんだって⁉　それで岡っ引の家のほうへ？」

と、すでに一膳飯屋のおかみさんがながしたと思われる話を口にする者もいた。おかみさんが帰ってからまだわずかしか経ていないのに、もう左門町の通り一帯には広まっているようだ。

「おっ」

と、李之助が腰高障子のすき間から外へ視線を釘付けたのは、新たに焼き芋を七厘に載せようと三和土に足を立てたときだった。もう九ツ（正午）の鐘が聞こえようかという時分である。

（来たな）

李之助はすき間から身を避けた。木挽きの宗三は街道からゆっくりと左門町の木戸を入り、木戸番小屋のほうをジロリと見て、通りの奥のほうへ向かって行った。慎重になっているようだ。朝、志乃とおミネが確認したように、股引に半纏の腰を三尺帯で締め、肩に手斧を引っかけている。

（なるほど）

李之助は頷いた。あれなら誰が見ても大工で、何者かの変装などと気をまわす者はいないだろう。話をしても、元樵なら木材への知識は豊富なはずだ。おそらく通りのなかほどまで行けば、あのおかみさんのいる一膳飯屋か湯屋に行くだろう。

（いい具合だ）

李之助はふたたびすき間から外に目をやり、宗三の足がその方向に進んでいるのを確認した。さもそれらしく足には鳶《とび》の者が用いる甲懸《こうがけ》まで結んでいる。首の長い紐《ひも》つき足袋《たび》だ。おそらく奥州街道では、狙いをつけた商家や豪農の家など、その出で立ちで周辺をめぐり、建物の構造を調べていたのだろう。

（なかなか味なことを……隅におけぬヤツだわい）

思えてくる。家の構造を視《み》るには、格好の出で立ちなのだ。

朝、街道で手習いに行く与市の姿がないのを確認した宗三は、そのあと確かに御箪笥町を踏んでいた。

岡っ引の塒を聞くのは簡単だ。さらに近くでは、きょう夜明けごろけたたましく雨戸を叩く者があったことも耳にしたであろう。その源造なる岡っ引の縄張が、四ツ谷一帯から市ケ谷にまで及んでいることも聞き込んだかもしれない。そうすれば当然その岡っ引が、内藤新宿の件は無理としても、

（市ケ谷八幡町の殺しと四ツ谷左門町の〝迷子〟を一つのものとして）

結び付けたとしても不思議はない。

それらを念頭に木挽きの宗三はいま、左門町の噂を最も仕入れやすい、通りの中ほどの一膳飯屋と湯屋の方向へ、手斧を肩に引っかけ甲懸の足を進めている。

すぐであった。軽快な下駄の音とともに、

「いま、この左門町へ、朝の大工姿が」

杢之助の一汁一菜の昼飯を盆に載せ、細い腰で器用に腰高障子を開け、おミネが

入ってきた。志乃と交替で、ずっと街道に注意を向けていたのだ。

「あゝ、儂も気がついた。あの手斧がかえっていい目印になってくれるから」

「そう、志乃さんもそのように言ってた。それより今夜もまた……」

「そうだなあ。与市坊にはやはり太一が一番だろう。ま、それも今夜限りで。源造さんもその気になってるしなあ」

「あ、そうそう。さっき、あの手斧を担いだのがここの木戸に入るすこし前だった。その源造さんがひょっこり顔を出して、大八車で東へ向かっているからと、そう杢さんに言っておいてくれって」

おミネは盆をすり切れ畳の上に置き、立ったまま話している。

「ほう、源造さんが」

杢之助は目を細めた。順調に進んでいるようだ。しかも、源造と宗三はふたたび街道ですれ違ったことになる。大八車の荷は、宗三が殺した半次の死体なのだ。

内藤新宿で、実際に源造はことのほかうまく行っていた。

「――おう、ちょいと邪魔するぜ」

と、内藤新宿のその筋のところへ源造がいきなり顔を出したとき、居合わせた者たちは一様に緊張し、なかには思わずふところに手を入れ匕首を握る若い者もいた。け

さ見つかった死体を見せてもらいたいと申し入れたときには、それらは怪訝な表情に変ったものの、

「――こっちの無縁寺で黙って引き取ろうじゃねえか。あんたらに迷惑はかけねえ」

と、源造が言ったのには乗ってきた。源造はそうした場面には慣れている。相手は理由《わけ》など訊かない。今夜にでも密かに処理しなければならなかった迷惑な死体を、四ツ谷の岡っ引が黙って引き取るというのだから、内藤新宿の者にとってこれほど手間がはぶけることはない。そこで大八車も人足も宿《しゅく》が出し、源造が自分の縄張内の寺まで付き添うことで合意したのだ。

「おかしいですよ、杢之助さん」

おミネは木戸番小屋の三和土に立ったまま言った。

「なにが」

「なにがって、杢さんが源造さんのことでそんなに満足そうな顔になって。それに源造さんだってお昼どきに来て、これまでならタダ酒にタダ喰いだったのが、きょうはお茶一杯も飲まないまま帰るなんて。あの大八車、いったいなに積んでいるのさあ」

「見たのかい」

「ちょいと暖簾から顔を出してね。なにやら莚《むしろ》をいっぱいかけて荒縄で縛っていた。

長崎から来た異国の禁制品でも運ぶんなら、もっと仰々《ぎょうぎょう》しいだろうし」

「あはは。南蛮の禁制品はよかったなあ。ま、それは冗談として、源造さんには源造さんのやり方がありなさるのさ。だけどおミネさん」

「ん？」

李之助のあらたまった口調を、おミネは真剣な表情で受けた。

「与市坊が来てから、太一のしっかりぶりをあらためて感じたよ。おミネさん、本当によくここまで育てなさったなあ」

不意な話へおミネは肩透かしをくらったように、

「なに言ってるんですか。李さんもよく面倒見てくれたじゃありませんか。あの与市ちゃんよりもっと小さいときには、一日中この木戸番小屋で遊んでいたりして」

「そうだったなあ」

周囲の者みんなで与市の面倒を見ているうちに、李之助はつい太一の小さいころを思い起こしたのかもしれない。

「そうそう、いまここでのんびりしておられないんだ。昼時、ひるどき」

おミネはクルリと李之助に背を向けた。いつもの洗い髪がフワリと舞ってかすかな風を起こした。

障子戸を外から閉めながら、

「ねえ。あたしが夜、太一を迎えに来たとき、太一ったら帰るの嫌だといって、杢さんの掻巻《かいまき》にもぐり込んで朝まで寝てしまったこと、よくありましたねえ」

「うん。あった」

杢之助は思い出すように返した。

『――あたしも一緒に泊まっていこうかしら』

そのとき、おミネはよく言ったものだった。

障子戸がすき間なく閉められた。

もう外に注意を払わずとも、不意に思い出が浮かぶくらいだから、杢之助にはしばしの余裕があった。木挽きの宗三はいまごろ一膳飯屋で腹ごしらえをしながら、

「この町の木戸番さん、どんな人だい」

おかみさんに聞き込みを入れているかもしれない。

「そりゃあもう」

おかみさんは得意になって話し、迷子の件にも話題が進み、

「それがなんだかいわくありげな子で、もうこの町にはおらず、なんでも用心のため四ツ谷御門前の岡っ引が預かってるらしいよ」

相手が職人姿なら、一膳飯屋のおかみさんも親近感を持って話しやすいだろう。

どこで聞いても、噂に矛盾はない。

(きのうの軒下野郎、いよいよホンモノ!)

宗三の胸に動悸は高まる。〝杢之助〟という名も、その時聞いた。宗三は一瞬、激しい動悸を覚えた。

混乱する頭を鎮《しず》め、乗り込む前に整理をつけておこうと、普段と順序は逆になったが湯屋の薄暗い湯舟に身を沈めた。そこでも〝迷子〟になにやら〝いわく〟がありそうなとの噂が耳に入る。それはもういい。気になるのは、

(野郎、生きていやがったのか)

十数年前、一度チラと見ただけだが、

『俺のどこが気に入らねえ』

恥をかかされ憤慨し、憎悪まで覚えた相手である。

湯舟の音のなかに、

(そういやあ、あの番太郎の旅姿……どこか似てやがった)

いまさらながらに思われてくる。すでに木挽きの宗三の脳裡に、

(やつめ〝つなぎ〟などとぬかしてやがったが)

昨夜の闇の声と白雲一味の副将格であった杢之助の面影は一つのものとなっていた。顔面に何度も湯音を立て、

（牧太のことはもういい）

思考は回想よりも、前向きなものへと変わった。昨夜の声は確かに、板橋宿の大津茂屋は〝儂が目をつけていた〟と言っていた。なるほどあの家屋は、入りやすい構造だったのだ。

（こいつぁ案外……話は早いかもしれねえぜ）

さきほどからの動悸は収まった。湯舟の暗さとほどよい熱さに、落ち着きさえ出てきた。盗った五十両のうち半分、

（いや、三十両くれてやってもよい）

頭の中はほぼまとまった。いま三十両をくれてやっても、なにしろ元白雲一味の副将格である。そのあとにまだ生きている者がいるかどうか、そこまでは奥州路を稼ぎ場にしていた木挽きの宗三の知るところではない。

（ヤツと組めばすぐ十倍にも二十倍にも）

単なる無宿人上がりの牧太とは違うのだ。

湯舟にふたたび大きな音を立て、柘榴口《ざくろぐち》を出た。身が軽くなったような感触を、木

挽きの宗三は得ていた。

四

……遅い。

(湯にでも入ってやがるのか)

思っているところへ、腰高障子に音もなく影が立ったのは、手習い処では子供たちが歓声を上げる昼八ツ(およそ午後二時)時分だった。きょうも太一が与市の相手をしながら、夕刻まで真吾の護衛付きで過ごすことだろう。

(ふふ、甲懸の足なら音もしめえ)

杢之助は顔を上げ、

「入りねえ」

かけた声は明るかった。障子戸を通して入ってくる気配に敵意も警戒心も、

(湯でながしてきたかい)

看《み》て取ったうえで声をかけたのだ。そのとおりであった。腰高障子が開き、

「お久しゅうございます、白雲のお人」

顔を伏せ押し殺した声で言う仕草には、同業で自分より〝年季を積んでいる先達〟に対する仁義が感じられた。同時に杢之助は、その胸中にある策を見抜いた。

「堅苦しい挨拶は抜きにして、早く入《へえ》って戸を閉めねえ。町の人の目があらあ」

「へえ」

木挽きの宗三はなおも顔を伏せたまま、三和土に入って腰高障子を閉め、すり切れ畳のほうに向かって、

「牧太を早々に消してくださり、ありがとうさんにござんした」

冒頭から、思い切った言葉であった。

（白雲の杢之助さん、あんたと組みてえ）

その意思表示なのだ。

「ふふ。いまとなりゃあ、板橋宿まで尾けてきたのが、おめえさんじゃなくてよかったぜ、木挽きの」

杢之助は返した。その言葉に木挽きの宗三は、

（ホッとしたぜ、白雲の人）

安堵を覚え、

「へえ」

顔を上げた。互いに見つめ合った。十数年ぶりに、おたがい嫌悪感から忘れられない相手だったのだ。だが、いま左門町の木戸番小屋にながれている雰囲気には、古い嫌悪など長い歳月に消え去った色合いに満ちていた。

「ま、見てのとおりだ。あれ以来、組む相手もなく、これが儂のおもて稼業だ。気楽に過ごさせてもらっているのよ」

杢之助は七厘の焼き芋やすり切れ畳の荒物、壁に掛けた売り物の道中笠や草鞋《わらじ》を顎《あご》でしゃくり、柄杓《ひしゃく》と桶を手で押しのけ、

「立ってねえで、落ち着きねえ」

手で座を示した。宗三は杢之助の顎の示す先を目で追い、

「優雅なことと存じやす。羨《うらや》ましいほどで」

肩の手斧を荒物のならぶ隅に置き、用意された座に腰を下ろした。杢之助は無言で頷いた。そこから荒物の隅まで、座ったままでは手が届かない。敵意はないとの、宗三のわざわざの表示なのだ。

そうしたようすに、近所のおかみさんが焼き芋を買いに来ても、

「あら、お客さん。松つぁんか竹さんのお知り合い？」

と、なんの違和感も持たないだろう。職人が木戸番小屋で話し込んでいくのは、む

しろ自然でさえある。だが話しているのは、人に聞かれればその瞬間から杢之助はもう左門町に住めなくなる内容である。

「まったく驚いたぜ。大津茂屋のせがれが、この町にながれてきてよ。探りを入れりゃあどうでえ。尾けてきた牧太とかいうのを締め上げておめえの名を聞いたときにゃあ二重の驚きよ。やり口にはまた驚いた。木挽きの宗三どんともあろう年季の人が、あんな見苦しい仕事をするとはなあ」

「ま、それを言わねえでくだせえ。組んだ相手を間違っておりやした。トウシロウばかりでしてネ。それで、白雲のお人」

宗三はすり切れ畳の奥に胡坐を組んでいる杢之助に身をかたむけた。目はすでに杢之助を同業というよりも、先達と見てか、哀願する色を帯びていた。一人で間取りも分からぬ岡っ引の家へ今夜中に忍び込み、暗い屋内に四歳児の寝息を探り、息の根をとめて無事に外へ出るなど、至難の業というよりも、

（とてもできねえ）

のである。

「おっと、多くを言うねえ。分かってらあよ。あそこの間取りなら儂がよく知っていらあ」

「ほ、ほんとで！」

「だがよ、木挽きの。まさか手ぶらで来たわけじゃあるめえ」

「そ、そりゃあもちろん。板橋宿の仕事は五十両でやした。そのうち、三十両を白雲のお人へ」

「ほう。五十のうち三十をかえ」

李之助は満足そうな表情をつくった。盗った額に嘘のないことを李之助は解している。盗賊がそれを偽り、あとでばれたなら命はない。みょうな話だが、稼ぎへの正直は盗賊同士が絶対に守らねばならない掟《おきて》なのだ。

「へえ。五の三を」

木挽きの宗三は再度念を入れ、上目遣いに李之助を見つめ返答を待った。

「いまあるのかい」

「いえ、まあ。策が立ちましたときに前金の十五両、事が成ったときに残りを……いかがで」

「ふむ」

李之助は肯《うなず》いた。方法は妥当である。しかも宗三は、今宵の押し込みに李之助の合力を求めただけでなく、方途まで委《ゆだ》ねてきた。それも理にかなっている。四ツ谷界隈の地形は、もうかなり歩いたとはいえ、木戸番人の杢之助のほうが断然詳しい。それに十数年前までのこととはいえ、深夜に雲のごとく現われては何の痕跡も残さず、音もなく去る白雲一味の鮮やかな手口を、宗三は噂に聞いている。

だからかつて、白雲一味から助っ人の声がかかったとき、喜んで奥州路から江戸へ馳せ来たったのだ。自分とはまったく違った方途を体験できる……。ところが副将格の杢之助の横槍で何の益もないまま元の奥州路に戻らねばならなかった。そこに得たのは、屈辱と憎悪だけであった。だが長い歳月を経たいま、その杢之助を相方《あいかた》にそれが実現しようとしている。

「で、そのあとのことでござんすが」

木戸番小屋の空間に、伺《うかが》いを立てる口調を宗三は入れた。

「そうよなあ」

杢之助は腕を組んだ。これは芝居ではない。実際に杢之助は考え込んだのだ。〝そのあと〟のことなどではない。今宵のことなのだ。

いままで撒《ま》いた餌《えさ》にかくも魚はかかり、今宵に向け事は動き出したのである。にわかに策は思いつかない。撒いた餌は、杢之助にとってはあまりにも大きい。かつての自分を晒《さら》したのである。失敗は許されない。しかも、求められるのは完璧な成功である。断末魔の宗三に、一言でも何かを口走る余裕を与えたなら……それを源造ならずとも他の一人にでも聞かれたなら……李之助のいまの世過《よす》ぎは、かつての報《むく》いとして泡沫《ほうまつ》と消えるのである。

練った。

「いかがいたしやしょう」

狭い空間の中に、また宗三の声がながれる。

「そうよなあ」

李之助は腕を組み、

「きょう、日の入りの暮れ六ツ、おめえさんはおもての街道を東へ進みねえ。四ツ谷大木戸から四ツ谷御門への方向だ。そこの居酒屋の縁台に儂がさりげなく座っていたなら、そのまま街道を外濠まで歩きねえ。そこで儂はおめえさんに追いつこうよ。あたりはもう暗くなっていよう。事はそれからだ。そのあとのこともなあ、儂はここにいる。ほとぼりの冷めるのを待ち、おめえのほうからつなぎをとってきねえ」

「お頭《かしら》！」

木挽きの宗三は声を落とした。

「ん？」

「そう称《よ》ばせてくだせえ」

元白雲一味の副将格である。一人働きだった木挽きの宗三がそう称んでも不思議はない。それに、ほとぼりが冷めるのを待つにしても、それは十日か一年か、自分でどうにでも判断できる。

「待ってるぜ」

「へえ、お頭」

宗三は半纏の上体をもとに戻し、三尺帯の腰を上げた。その顔が上気しているのは、湯の名残りなどではない。すべてを杢之助に託《たく》したのだ。

その宗三が手斧を肩に、ふたたび足音もなく左門町の木戸を出て、四ツ谷大木戸のほうへ曲がってからだった。

杢之助が深い息をつぐ間もなく、腰高障子にまた影が立った。

「さっき出て行った人、うちの亭主が仕事に行かないでここで油売ってたんかと一瞬びっくりしたよ」

入ってきたのは湯屋の近くの裏店に住む大工の女房だった。

「あゝ。通りすがりの人で、道を尋ねていっただけさ」

「そうだろうねえ。松つぁんや竹さんとも違ってたし。それよりも木戸番さん。大丈夫なんだろうねえ」

「なにが?」

「なにがって、あの迷子の男の子、なにやら狙われているとか。御箪笥町のほうに移ったとかいうけど、源造さん一人で……」

「一人じゃないさ。カタがつくまで麦ヤ横丁の榊原さまがついていてくださるそうだし、儂だってまだまだ、みょうなのが現われりゃ騒ぎ役くらいなら合力できるさ」

「それもまあ心強いよ。ともかく、この町を離れたからいいっていうのじゃなく、事情は知らないけどうまく落ち着くところに落ち着ければいいのにねえ」

ひとしきり話していった。柄杓を一つ買いに来たのだった。

ふたたび杢之助は木戸番小屋の中に一人となった。

左門町を舞台からはずすことはどうやらできた。だが、難題である。暗くなってから外濠のところでなどと言ったものの、その先をどうするか……具体策があって言ったのではない。源造にはむろん、御箪笥町の住人やその周辺の人々にも、なんら疑念を持たれることなく、

(野郎の息の根をとめ)

源造が八丁堀へ鼻高々と報告できるようにしなければならないのだ。

首の骨を折るか、榊原真吾の刀が一閃するか……だがどうやって。対手には相応の判断力もあれば、変化に即対応してもこよう。

李之助の背を、ひやりと恐怖が走る。一瞬の手違いでも生じたなら……いまの生活《たつき》が泡沫《あわ》と消えるのはよい。李之助にとっては、

──自業自得

であり、日ごろから心の準備はできている。

だが、町の人々は……松次郎や竹五郎は愕然とし、おミネはただただ茫然とし、さらに幼い日々をこの木戸番小屋で李之助とともに送ってきた太一に、どのような影響を及ぼそうか……。

それを思えば、

（身勝手かもしれねえ。いや、身勝手そのものだ）

自問自答しながらも、

（この生活《たつき》……いつまでも……）

李之助の全身に込み上げてくるのである。

「さて」

腰を上げた。

「すぐ帰ってきますので、ちょいと七厘の番を」

長屋の住人に声をかけ、木戸を出た。行く先は麦ヤ横丁の手習い処と街道筋の栄屋
である。

麦ヤ横丁では玄関に訪《おとな》いを入れると、声で分かったのか、

「あっ、杢のおじちゃん！」

太一が手習いの部屋から走り出てきて、そのあとに与市がつづいていた。

「おうおう、二人とも」

杢之助は目を細め、

（なんとしてでも）

二人の声を聞けばことさらに張りつめたものが胸中に込み上げてくる。真吾は目を
細める杢之助の表情に、緊張したものが宿っているのを感じ取り、

「さあ、二人とも奥の部屋で」

玄関の板敷きで、しばし杢之助と話し込む機会をつくった。

栄屋でも、店場の隅で藤兵衛と額を寄せ合い、帰りには、

「それじゃ今夜もまたよろしくお願いしますよ」

手代に声をかけた。

「おや。言ってらしたとおり、やはり今夜ですか。よろしいですとも」

手代はあるじ藤兵衛の頷くのを見るとすぐさま二つ返事を返した。

街道に出ると、清次の居酒屋に、

「いいねえ、いまは暇《ひま》そうで」

声を入れ、木戸番小屋に戻った。

（あとで）

清次への合図である。

その清次が、片側たすきに前掛姿のまま、

「夕の仕込みまでは暇でねえ」

声とともに腰高障子を引き開けたのは、

「――あれれ。もっとゆっくりでもよかったのに」

と、炭火の番をしていた長屋のおかみさんが、焼き芋をかじりながら帰ったすぐあとだった。

清次は障子戸を閉めるなり声を落とし、

「宗三との話、どうなりやした」

言いながらすり切れ畳に腰を下ろし、奥のほうへ上体を向けた。

「こっちが面喰らうほど勢いよく引っかかってきやがった。野郎め、これからも因果な稼業をつづけるつもりでいやがる」

「やはり」

「そうさ。殺《や》りがいがあるぜ」

「で、どのように」

清次の双眸《め》も、かつての同業を葬る不気味な色に染まった。

「おっと、清次よ」

杢之助は諫《いさ》める口調になった。

「何度も言うようだが、せっかく左門町を舞台からはずしたのだ。おめえにはあくまでも街道の居酒屋の亭主でいてもらいてえ。だから儂は」

「ですが、今度ばかりは」

「そう。だから、なおさらなんだよう。儂が、その、なんだ。……そうなったら、おめえら夫婦に、おミネさんと太一のそばにいてやってもらいてえのよう」

「杢之助さん、すまねえ！　志乃がついホトケ心を出しちまったばかりに」

「それよ。背景に木挽きの宗三がいやがったなんざ、きっと同業が責任を持って始末をつけろってえ天の声だったんだぜ。わしゃあ、そう思って……」

話しているころ、街道おもてでは栄屋から藤兵衛が供の丁稚も連れず店を出て四ツ谷御門のほうへ向かった。行く先は御箪笥町である。太陽はとっくに西の空に入り、そろそろかたむきを見せようかという時分である。半次の死体を載せた大八車が市ケ谷の無縁寺へ向かったのは午前《ひるまえ》である。源造はすでに寺や八幡町の町役らとの交渉を済ませ、塒《ねぐら》に帰っていることであろう。

藤兵衛は昨夜、真吾からも杢之助からも、目撃談による賊徒の〝仲間割れ〟を聞かされており、店の前を源造がつき添い四ツ谷御門のほうへ向かった大八車の積荷が、そのときの死体であることも知っている。

(この世に生きるのは、なんと因果なことか)

自分のことも含め、思いながら藤兵衛は街道に歩を進めた。

源造は帰っていた。丁稚が駈け込んできたきょうの早朝とは違い、栄屋のあるじが直接来たことに源造は驚き、

「おい、お茶を早く」

女房に命じ、

「さ、奥へ」

恐縮の態で迎えたが藤兵衛は辞し、

「与市坊がまだいるからには、町を留守にできませんからな。名目上はすでにこちらへ移ったことになっていますが、それについて」

口元を苦笑させ店場の板敷きに腰を据えるなり切り出した。

「そりゃあまあ」

源造も苦笑の態になり、

「その後の左門町は？」

すぐ真剣な眼差しになった。

藤兵衛は、一帯では四歳児の与市を源造が引き取ったとの噂がながれ、状況から見てそれがすでに賊徒の耳にも入ったのが予測されると告げ、

「きょう、日が落ちてから左門町《うち》の杢之助と榊原さまがこちらの御簞笥町を巡回し、念のため左門町でも木戸番小屋には手前の手代を入れ、居酒屋の中で私と清次さんで寝ずの番をすることに」

「おぉう、そこまでやってくれますので。それならこっちの自身番の町役連中にも木戸番小屋にも」

感激したようすで言う源造に藤兵衛は、

「いえ、源造さん。これはあくまで賊をおびき寄せるためで、こちらの自身番にも木

戸番さんにも知らせず、と榊原さまはおっしゃっておいでで。榊原さまは、昨夜見た賊徒はもう一度見れば分かる、と。杢之助もそのように言っております。そこで見つければ尾行し、内と外から挟み撃ちにして一網打尽に、と榊原さまが。騒ぎになれば杢之助がすかさずこの近辺の木戸番小屋に走る、ということで」

「うーん、榊原さまがそこまでやってくださるなら安心だ。バンモクも元飛脚で機転も利く男だし。ふむ、今夜は俺も不寝番だなあ。その線でやりますかい」

源造は最前から太い眉毛を小刻みに動かし、これまでにない真剣な眼差しを藤兵衛に向けた。

「ほんとうに、お世話に相なりまする」

お茶を出し、その場で聞いていた源造の女房が板敷きに額をつけんばかりに深い辞儀をした。藤兵衛の語った〝策〟は、場合によってはこの屋内が修羅場になるかもしれない内容なのだ。さすがに岡っ引の女房か、愛想のよさばかりか度胸も備わっているようだ。

「なあに、相手は少人数です。源造さんと榊原さまが挟み撃ちにすれば問題ありませんよ。杢之助もすぐ周囲に知らせ、人数を連れてきましょうから」

藤兵衛は言った。さきほど、杢之助から言われたとおりの〝策〟を話しているだけである。源造を即座にその気にさせる説得力があるのは、藤兵衛自身がその〝策〟を信じているからであろう。杢之助はさきほど栄屋で榊原真吾も〝承知〟していると言い、もちろん藤兵衛はそこに自分の知らないことがあるかもしれないことを〝承知〟したうえで、この〝策〟に信を置いているのだ。左門町と麦ヤ横丁にそうした暗黙の了解があるのを、源造は知らない。ただ、与市の所在について噂が町なかに広くながれていると藤兵衛が言ったとき、あの一膳飯屋のおかみさんが事あるたびに木戸番小屋へ駈けつけていることを想起し、

（なんと左門町には役者がそろっているものよ）

と、感心したものである。

用件だけを話し引き揚げる藤兵衛を、源造は店の外まで出て見送った。女房どのも真剣な表情でそれにつづいた。奉公人ではなく藤兵衛が直接伝えに来たのは、内容が極秘に属することであり、早々に引き揚げるのもまた、与市を預かっている町の筆頭町役として理のあることなのだ。藤兵衛の話に、微塵《みじん》の嘘もない。

「なんと申し上げてよいやら、左門町のお人には本当お世話になります」

女房は往還でも深く腰を折り、かたわらで源造は頷いていた。

太陽はすでにかたむいている。

杢之助がこのあと清次の居酒屋の縁台で街道を見張り、賊徒を見つければあとを尾け、さらにそのあとへ真吾がつづくことも、杢之助が藤兵衛に語った実際の〝策〟なのだ。それの幕開けはいま、左門町へ帰る藤兵衛の一歩一歩とともに近づいている。

五

「旦那さまがいまお帰りになり、すべて順調にとのことです」

栄屋の丁稚が木戸番小屋へ告げに走ったのは、

「――やっぱりあそこは鍋も釜も量が多いぜ」

「――煙草をやりなさる姐さん方も多いし」

と、内藤新宿から早めに帰ってきた松次郎と竹五郎が、商売道具を木戸番小屋の前に置くなり湯屋へ行ったすぐあとだった。

「――死体の話かい。あのあと変わったことは聞かなかったなあ」

「――あ、姐さん方もただ眉をひそめるだけでねえ」

現場に近いいずれかから大八車が出たことは、話題にもなっていないようだ。源造も目立つようなこれ見よがしの振る舞いはしなかったのだろう。杢之助と話し込んだあといずれかの木賃宿に戻った木挽きの宗三は、昨夜の殺しが思惑どおり内藤新宿の裏の世界に消えてしまったと思い、内心ほくそ笑んでいるはずだ。

丁稚の足音が木戸の外へ消えると、

(うん、すべて順調だな)

杢之助はすり切れ畳にならべた荒物をかたづけはじめた。七厘に焼き芋ももう載っていない。

「そろそろ、か」

太陽がいよいよ落ちかけたのに合わせ、杢之助は木戸番小屋を出て栄屋に顔を出してから清次の居酒屋に入った。栄屋の手代は待っていたように木戸番小屋に向かい、杢之助が飯台の他の客に混じって早々に腹ごしらえをすませ、ふたたび暖簾を外にくぐったころ、ちょうど太陽が沈みかけたころだった。板場から清次が顔を出し、真剣な表情で杢之助の背を見送った。

軒端の縁台に腰を下ろした。となりの縁台には、やっと江戸に入ったという風情のお店者が二人、手甲をはめた手でお茶を口に運んでいた。おもては、暗くならないうちにと大八車や荷馬、往来人たちの動きが慌《あわただ》しい。このひとときが過ぎると、街道は潮が引くように閑散となり、あとはさほどの時を経ず闇のなかへ沈むことになる。

「はい、杢之助さん」

おミネが湯呑みを盆に載せ、暖簾から出てきた。

「うむ」

杢之助は慌しい動きの街道に目を向けたまま頷いた。

「さあ、あとすこしだ」

「いよいよですね」

となりの縁台のお店者二人が腰を上げた。これから府内のいずれかに向かうのであろう。

「ありがとうございました。お気をつけて」

おミネが湯呑みを二つ盆に載せた。

「儂も、いよいよだ」

杢之助が身づくろいをするように黒っぽい着物の襟をつかみ、左右の肩を上下にゆすった。

昼間とおなじ職人姿の宗三が、大木戸のほうからのながれに混じっているのが見えたのだ。甲懸も昼間とおなじだが、手斧は持たず、紺地の手拭を首に巻き両腕を胸に組み、うつむきかげんに歩いている。仕事帰りの職人の出で立ちである。

「いよいよ、ですか」

おミネは盆を両手に頭で暖簾を分け、店の中に入るとすぐさま外をうかがった。中はすでに薄暗くなっている。清次はおミネの動きに気がついたか、板場から暖簾のほうを見つめた。

おミネには解せなかった。

「――犯人が分かっているのなら、榊原さまがその場で捕まえてしまえばいいのに」

「――いや。向こうの人数がまだ分からないからだ。どうせなら数を確かめてから、との考えじゃないかな。榊原さまも、杢さんも」

昼間、おミネが言ったのへ清次は答え、

「――そう、きっとそうよ」

志乃が相槌を入れていた。

いまおミネは、

（危ないことを）

思いながらも納得している。

杢之助は縁台に掛けたまま、さりげなく湯呑みを口に運んだ。足にはいつもの下駄でなく草鞋をきつく結んでいる。

木挽きの宗三は街道のながれのなかから、チラと縁台のほうへ顔を向け、そのままゆっくりと居酒屋の前を東方向の四ツ谷御門のほうへ通り過ぎた。

「さあて」

杢之助は腰を上げ、あとにつづいた。宗三はそれを確かめるように、一度振り向いた。左門町や麦ヤ横丁の住人がそれを見ても、杢之助が前方の職人姿と一連の行動をとっているなど気がつかないであろう。

おミネは暖簾から顔を出し、それらの肩が東方向へ小さくなるのを確認すると、振り返って志乃や清次と無言で頷き合い、暖簾を出て向かいの麦ヤ横丁に駈け込んだ。太一が与市の手を引き、街道に出てきたのはそのあとすぐだった。うしろにおミネと洗いざらしの袴《はかま》に大小を帯びた榊原真吾がつづいている。おミネは手習い処へ、呼びにというよりも知らせに走ったのだ。町の者が与市を見て、

「あれ？　あの子、まだこちらに」

思っても、今夜暗くなってからとかもう一日こちらでなどと、説明はいくらでもできる。与市の姿を宗三の目に触れさせなければそれでよいのだ。

「ほらほら、まだ車も馬も通っているよ」

おミネがうしろから声をかけ、真吾は手習い子二人が居酒屋に駈け込むのを見届け

るとそのまま街道を東へ歩み出した。足には草履《ぞうり》でなく杢之助とおなじように草鞋《わらじ》を結んでいる。速足に進めば、すぐ杢之助の背を捉《とら》えることはできよう。

居酒屋の飯台は晩めしの客で埋まっている。

「きょうも念のため、この客足が途絶えればすぐ暖簾を下げよう」

清次が志乃に言っていた。おミネはもう奥の部屋に入り、太一と与市の相手をしている。与市がきのうと変わらぬ環境に、泣いたり愚図ついたりしないのがさいわいだった。太一に遊んでもらうのがこれまでになく楽しいのか、しばし境遇の変化を忘れているようだ。


真吾は御箪笥町に近いあたりで杢之助の背を捉えた。宗三のほんの十数歩うしろである。

街道に大八車や荷馬はすでになく、足を速める往来人の数も減り、ゆっくり歩いているのはこれから飲みにでも行く男たちであろう。職人姿の宗三はときおり振り返っては杢之助の姿を確認しているが、その後方に歩を進める二本差しで百日髷の浪人には気づかない。視界に捉えにくいほど、あたりはもう暗くなっているのだ。往来人にはすでにぶら提燈を提げている者もいる。宗三の足が外濠に達したころにはすっかり夜となり、街道には飲食の店と屋台の提燈に酔客の持つ灯りがポツポツと動いているばかりになっているだろう。

御簞笥町の小間物屋では源造も腹ごしらえを終え、

「おまえさん。きょう本当に賊がここを狙って来るんですか」

あとかたづけを済ませ、部屋に灯りを入れたばかりの女房がまだ半信半疑のようすで言ったのへ、

「来る。来てもらわねばこの一連の事件、幕が引けねえのよ」

部屋の隅に用意した脇差に目をやり、ブルッと身を震わせた。二度目である。けさがた内藤新宿で半次の死体を検《あらた》めたとき、もちろん宿《しゅく》の者も源造も〝半次〟の名を知らなければ素性も知らない。年齢が二十歳前後の遊び人と見分けられるだけである。だが、その疵跡《きずあと》に源造は目を見張った。

腹に刺し疵が一カ所、さらに首を斬り裂かれていた。

「──男の影が片方の男に前から身を寄せるなり、寄られた男の影がグラッと前かがみによろけ、近寄った男の影は横っ跳びに避け、崩れる男の背後へ脱兎のごとく走り去った」

最初にブルッと身を震わせたのは、その疵跡に真吾と杢之助の証言を重ねたときだった。宗三は半次に身を寄せるなり腹を刺した匕首を横っ跳びに引き抜き、横ならびになると同時に前のめりになった半次の首を下から斬り上げそのまま走り去った。おそらく返り血は一滴も浴びなかったろう。多少の喧嘩慣れをしている程度の遊び人にできる技ではない。

(相当な野郎!)

源造は背筋に冷たいものを走らせ、

(是非ともあの手習い処の旦那の腕が必要だ)

思いを強めたものだ。その男が今宵、御簞笥町に押し入ってくる。部屋の隅の脇差に目をやった。生け捕ろうとすれば、自分の身が危うくなるかもしれない。

(即座に殺《や》るしかない、か)

考えはじめていた。四歳とはいえ与市の証言があれば、板橋宿の大津茂屋皆殺しと市ケ谷八幡下の年増殺しに幕引きができる。生け捕りでなくとも、〝与市を預かり〟賊を引き寄せた源造の手柄は大きい。

「おまえさん。自身番に言って、若い人を助っ人によこしてもらっては」

女房が心配そうに言うのへ源造は、

「バカヤロウ。トウシロウを連れてきたところで、足でまといになるだけだ。それよりもおめえ、賊が来りゃあそのへんの暗いところに隠れ、影がいくつかよく見ておくんだ」

強がりではない。慣れぬ者はかえって邪魔になる。それに賊が二人なのか三人なのかも、気になるところである。

「分かりましたよ。ともかくおもての戸締り、もう一度確かめてきます。賊が入れば本当に榊原さまがすぐ駈けつけ、杢之助さんも騒いでくださるんでしょうねえ」

女房は念を押すように言い、店場のほうへ手燭を持って立った。声は緊張を帯びていた。さきほど、商品が散らばらぬよう一カ所に固めたばかりである。

その影、木挽きの宗三が相応の手練《てだれ》であることは、杢之助が誰よりも心得ている。甲懸の足がいま、江戸城外濠に沿った往還に出ようとしている。外濠に突き当たったところは街道の左右がまだ町家で、左手の北方向に進めばすぐ四ツ谷御門で往還は市ケ谷御門へとつづくが、右手の南方向へ向かえば町家はすぐに途絶え、あとは往還をはさんで外濠と向かい合うように出雲《いずも》広瀬藩松平家三万石の上屋敷の長い白壁がつづき、周囲も旗本の武家屋敷ばかりで左手とは違い、昼間でも人通りは閑散としている。

夜になればなおさらで、松平家の出している辻番所の灯りが、闇のなかに小さくポツリと見えるばかりである。

暗くなり人通りの極度に減った街道に、杢之助は足を速めた。至近距離であれば宗三はその気配にすぐ気づき、歩をとめた。杢之助の背後につづく真吾も含め、誰に見られても三人のあいだに何の脈絡も感じられない。それぞれが個別の往来人であり、共通点といえば三人とも提燈を手にしていないということだけである。

「木挽きの。そのまま進み、大名屋敷のほうへ向かいねえ」

背後からの低い声に宗三はピクリと肩で返事をし、歩を右手の南方向にとった。

「そう、そのままだ。まっすぐにな」

二人とも夜道を歩くのは慣れている。提燈を持っていないので、まだ明かりのすこし残る町家を過ぎ、松平家の上屋敷の白壁がつづく往還を濠側に歩けば、影すら見えない。しかも二人に足音はない。あるのは、いま相互に感じている対手の気配ばかりで、目に見えるのは、前方に小さな辻番所の灯りのみである。

「どこまで？」

宗三はわずかに振り返り、低声《こごえ》を闇に這わせた。警戒の念はない。闇のなかに背後を杢之助に預け、殺気は塵《ちり》ほども感じていないのだ。

「濠端の草叢《くさむら》もいいもんだぜ、時を過ごすには。つき合いねえ」

　李之助は低声を返し、自分のほうから草叢に踏み入った。外濠の土手である。

　まだ三人の歩が街道にあって、李之助が大名屋敷のほうへ進めと低声を宗三にかけたときである。

（うまく行きそうだな）

　前面の二つの影が右手方向へ曲がるのを確認すると、真吾は街道が外濠に突き当たる角に出ている、屋台の蕎麦屋に向かい、

「おやじ、熱いのを一椀所望《しょもう》したい」

「へいっ。熱いのを一椀、かしこまりやした」

　威勢のいい声とともにおやじは提燈の灯りに白い湯気を立て、準備にかかった。屋台は客を待たせない。すぐにできた。蕎麦をすすっているあいだも、真吾は濠端のほうへ気を配った。なんら騒ぎの起こる気配はない。

（いよいよもって上々）

　呟き、

「おやじ、うまかったぞ」

四文銭《しもんせん》四枚を小さな台に置き、

「へいっ。またのお越しを」

威勢のいい声を背に、真吾は杢之助たちとは逆の左手方向へ歩を進めた。

　濠端の往還から町家の脇道に入り、もと来た方向へ引き返しはじめた。御門前を離れれば、すぐに御箪笥町である。真吾はいま、昼間杢之助が来て話していったとおりの〝策〟をとっている。

（——杢之助どのはこたび、どうしても源造に手柄を立てさせたいようだな）

真吾は思ったものである。この先に細工を弄《ろう》しなくとも、人気《ひとけ》のない濠端に誘い出せば、その場で宗三が喧嘩慣れしているとはいえ不意打ちで息の根をとめるのはできないことではない。

だが、武家地なら死体が収容されるのは辻番小屋である。武家地の辻番は町家の自身番と違って武家屋敷の足軽が出ており、機動力もある。さらにその支配は城内の目付や大目付であり、町奉行所ではない。支配違いで八丁堀は関与できず、その手下《てか》の岡っ引など死体検めもできなくなる。事件は、すべて町家で発生しなければならないのだ。

杢之助にとって、理由はそれだけではない。宗三をもし一撃で斃《たお》せず、息のある身を辻番の六尺棒や自身番の御用提燈に押さえられたなら……。その瞬間から杢之助は四谷左門町での暮らしを失うことになる。

町家の軒端に明かりは絶え、ときおり角に屋台の提燈が揺らいでいるのみである。小間物屋の雨戸も閉まっている。けさがた栄屋の丁稚が激しく叩いた雨戸である。その往還にいま人通りはない。

真吾は軽く叩いた。以前、源造に誘われて一度店に入り、女房どのが上へと言うのを鄭重に辞し、店場の板敷きで茶を馳走になったことがある。

雨戸に、反応はない。だが、内側からはかすかに人の息を詰めている気配が伝わってくる。

「源造どの、麦ヤ横丁の榊原だ」

低い声とともに、再度雨戸に小さな音を立てた。

掠《かす》れた声が返ってきた。

「旦那！」

緊張を解いた瞬間の響きがあった。

「いますぐ」

いつものだみ声に戻っていた。

雨戸の開く音とともに、

「旦那！　いったい‼　賊、出やしたか⁉」

「出た。杢之助どのがいま尾《つ》けている」

真吾はスルリと中に入り、すかさず源造は雨戸を閉めた。

「どういうことで」

座は居間に移った。女房どのが頼もしそうに迎えている。

「昨夜の賊を夕刻、街道で見つけ杢之助どのがあとを追ったと知らせがあってな。それでともかくそれがしはここへ合力に来た」

「それはそれは、榊原さま。お世話になりまする」

女房がすぐお茶を出し、

「相手の人数は……」

「それが分からぬ。一人か、あるいはどこかで数人落ち合ってここへ乗り込むのか。ともかく気配を感ずればそれがしはすかさず玄関口から外に飛び出し、賊をそなたと挟み打ちにする。一人二人取り逃がしても、杢之助どのが騒いで町中を起こし、逃げ場を塞いでくれよう」

「それなら」

と、行灯の淡い灯りのなかに、女房は安心の表情になった。賊の人数が分からないため、源造は事が収まるまで終始屋内にとどまっておかねばならない。杢之助が考えた、苦肉の〝策〟である。

「それが、もうすぐですね……旦那!!」

源造はもとより承知の面持ちで肯《うなず》いていた。

六

外濠の土手を、かすかに人の声が這っている。

「白雲の人、こういうことですかい。押し込むには早すぎると、さっきから不思議に思ってたのでさあ」

木挽きの宗三は杢之助につづいて草叢に入り、かたわらに腰を下ろしていた。杢之助にとっては懐かしく、宗三には納得のいく動作だった。

盗賊が狙いを定めた箇所の近くで時を過ごすのは珍しいことではない。それは土塀の裏であったり、あらかじめ忍び込んだ裏庭の隅、あるいは縁の下だったりする。目標のすぐ近くで時を過ごすことによって、行動にいざ入ったときの緊張感を和らげる作用がある。杢之助にとってはいま、すでに動き出した〝策〟の再点検である。その対象が、すぐかたわらにいるのだ。

「あの家の造りはなあ、脇に身一つ入る狭い路地がある。そこから裏庭の板塀まで行くことができる。裏戸の小桟《こざる》は儂が開ける」

「えっ。さすが、白雲の杢之助さん！」

宗三は畏敬をこめた視線をかたわらの杢之助に這わせた。

両名は頃合いを待っている。冬の夜でないのがさいわいだった。

「榊原さま、本当にきょう、なんですか。見間違いなどでは……」

時間は、待つほうが長く感じる。源造の女房は行灯の淡い灯りのなかで、何度目かの視線を真吾に向けた。

「杢之助どのの目だ。間違いはあるまい」

「ま、バンモクのことだ。だから榊原さまもこうして来てくださっているのよ。ねえ旦那」

源造はくだけた口調をつくったものの、声は徐々に掠れたものへと変わっていた。

李之助と宗三はすでに動いていた。ふたたび街道に出たとき、真吾が一椀所望した屋台のおやじは、音もなく通り過ぎた二つの影に気づかなかったであろう。そろそろ屋台も仕舞う五ツ半（およそ午後九時）の時分である。

二人の足は御箪笥町に入った。その脇道の一軒の雨戸の中に緊張が漲《みなぎ》っているのを、李之助は感じ取った。

（さあ、榊原さま！）

李之助は心中に呟いた。

「あそこで、ございやすね」

息だけの声を、宗三は闇に這わせた。

李之助は無言で頷き、

「行くぞ」

おなじ息だけの声を返し、

「さあ」

闇のなかに歩を踏んだ。

「へいっ」

宗三はつづいた。

雨戸の前を過ぎ、裏手の板塀への路地に入った。

中では、

「気配だ！」

真吾は脇に置いていた大小をゆっくりと腰に差し、

「おぬしは灯りをそのままに、裏手を護られよ」

源造に低い声を投げ、店場のほうへ立ち、足袋のまま土間におり、雨戸に耳をあて
小桟をソッと上げた。すぐにでも雨戸を開け、飛び出せる態勢である。

杢之助は息を殺し、蟹《かに》が這うように細い路地を進み、裏手の板塀のところに出た。

あとにつづいた宗三は杢之助への信頼を高めた。言ったとおりの構造なのだ。

「いかん。出直すぞ」

杢之助は振り返り、板塀のすき間を手で示した。宗三は目を当てた。得心した。灯
りが見えたのだ。杢之助は宗三の肩を押した。

その気配を、源造は嗅ぎ取った。全神経を板塀に向けていたのである。

「火を消せ」

女房に命じ、足袋のまま狭い裏庭に下り、ゆっくりと裏戸に向かった。女房は行灯
に息を吹きかけ、闇となった部屋の中に、

「おまえさん」

身動きできなかった。

板塀の外では、肩を押された宗三が応じるようにあとずさりをはじめ、ふたたび路地から雨戸のある脇道に出て杢之助を待った。杢之助もあとずさりし、あと一歩で狭い路地を出るというときだった。

二人がふたたび路地に立つと同時に、

『宗三よ、許せねえぜ』

杢之助は腰に蹴りを入れ、宗三が驚愕とともに身の自在を失ったところへ雨戸から飛び出た真吾が、

『賊徒、見つけたり！』

叫ぶなり抜き打ちをかけて斃《たお》し、さらに周囲を窺《うかが》う。

それが杢之助の〝策〟である。真吾とて、賊が確実に一人であることまでは知らないのだ。路地に入る前に蹴りを入れようとすれば、宗三が喧嘩慣れした手練であれば雰囲気を察知され、一歩身をかわし逃げられる可能性があり、そこに真吾が出遅れる場合もあると考慮し、練った〝策〟なのだ。

さらに路地から出てきたとき、かえって真吾が余裕を持ち宗三に送り込んだ刃《やいば》が

峰打ちだったなら……。次善の〝策〟である。再度、宗三の首筋に蹴りを入れ息の根をとめる……。

『つい興奮し、倒れ込んだ賊の首を力任せに踏みつけてしまった。儂としたことが、なんと恐ろしいことを』

などと必殺の蹴りを秘匿したまま、源造への状況説明はつく。

だが、裏庭から板塀の外に引き揚げる気配を感じ取った源造が我慢しきれず、

「野郎！　来やがったか‼」

裏戸を派手に開け路地に踏み出してきたのは、予想外の出来事だった。

奥に源造の声を聞いた杢之助は驚き、とっさの判断で、

「賊徒め！　そこにいたか！」

叫ぶなり宗三の腰へ蹴りを飛ばそうとした。だが半身がまだ路地の中である。回転ができない。そこへ雨戸を引き開けた真吾が、

「賊徒、見つけたり！」

だが盗賊の本能か不慮の状況に宗三はすかさず、

「おおっ」

逃走の態勢に入った。そこに走り込み抜き打ちをかけた真吾の刃が斬ったのは、

「ギェーッ」

宗三の尻であった。宗三は身を蝦《えび》のように反らせるなり次には、

「ウウウウッ」

ヨロヨロと前かがみになった。

とっさの判断であった。路地を跳び出た杢之助は腰を落とすなり前かがみになった宗三の喉仏《のどぼとけ》を蹴り上げ、すかさず足を引いた。その足の動きを追うように宗三の身は前のめりに倒れ込んだ。喉を潰《つぶ》された衝撃に心ノ臓は止まっていた。

「大丈夫かア、そっちは！」

暗闇に源造が叫ぶ。狭い路地に慌て、肩を右に左にぶつけ出るのに手間取っているようだ。

「早くとどめを！」

「おうっ」

真吾も抜き打ちの失敗がある。倒れた宗三の背から心ノ臓へ刀の切っ先を突き立てた。このとき、

「ん？」

真吾は刀から伝わる感触に首をかしげた。

「どうしたア！　仕留めたかア‼」

ようやく源造が路地から出てきた。

「ひ、ひ、一人は殺《や》った！」

杢之助の腹から絞り出した叫びに、真吾は刀を構えたまま周囲に気を配った。

「まだいるのかア！」

源造は叫んだ。

通りのあちこちに雨戸の音が立ち、往還に蠟燭《ろうそく》の灯りが射しはじめた。

「こ、これは、源造さん！」

往還に飛び出てくる者もいた。

杢之助が騒ぎ立てるまでもない。御簞笥町の住人たちは、道筋違いの者まで小間物屋前での異変に気づき、ある者は手燭を持ち、ある者は棒切れやすりこぎを手に往還へ飛び出てきた。それらの周囲に、怪しい人影が徘徊した気配はまったく認められなかった。

「どうやら、こやつ一人と見て間違いなかろう」

真吾の声が聞こえ、源造の女房は緊張が解けたあまりか、

「ふーっ」

大きく息を吐き、握っていた箒《ほうき》を手から落とし、部屋の中でへなへなと座り込んでしまった。

七

そのあとの源造の手際はよかった。死体は杢之助も手伝って御簞笥町の自身番に運び、自身番からは町の若い者がすぐさま八丁堀に走った。五十両が死体のふところにあった。

「源造さん、儂は帰るぜ。このことを左門町に伝え、藤兵衛旦那らに早く安心してもらわねばならねえ」

御簞笥町の自身番で言う杢之助に源造は、

「礼を言うぜ。だがおめえ、夜でよく目が見えなかったかい。左門町から尾けておきながら、賊がそやつ一人だったことに気がつかなかったとは。おかげで俺ア、余計な気を遣ってしまったぜ。あとのことは任せておきねえ」

杢之助は無言で頷いていた。

源造は真吾にも、

「榊原さま、ありがとうございやした。刺し殺したときの状況は、あっしが八丁堀の旦那にうまく言っときまさあ。匕首を手に向かってきて、さらに逃げようとしたのを逃がすまいとして、と」

実際に宗三のふところには五十両とともに匕首があったのだ。だが宗三は、杢之助と真吾を相手にそれを抜く間もなかったのである。

真吾は源造に肯《うなず》いていた。

すでに木戸を閉める夜四ツ（およそ午後十時）は過ぎている。杢之助の手に御簞笥町自身番の提燈が揺れ、他に灯りはない。

「なあ、杢之助どの」

周囲の寝静まった街道に、真吾はポツリと言った。

「あの者の心ノ臓を刺したときなあ、手応えはなかった。すでに息絶えておったぞ」

「さようでございますか」

杢之助は短く応じたのみで、真吾もそれ以上質《ただ》そうとはしなかった。

雨戸のすき間から、かすかに明かりが洩れていた。清次の居酒屋である。となりの藤兵衛が来ており、志乃もおミネも起きていた。奥の部屋で与市は今宵も太一と遊びつかれたか、深い眠りに入っている。

居酒屋で待っていた者は、いずれも杢之助と真吾がそろって帰ってきたことに安堵の表情を浮かべ、その経緯の説明に、藤兵衛と清次は一つ一つ頷いていた。だがおミネが、

「でも与市ちゃん、これからが始まりですよ」

言ったのへ、一同に言葉はなかった。

翌朝からが、与市には過酷であった。

「みんなは？　みんなは!?」

言うのが、太一ら手習い処でできた新しい仲間を言っているのか、あるいは、すでにこの世にいない両親や一緒に逃げた老女中を言っているのか……。

「………」

清次も志乃も、むずかる弥市に判断はできなかった。

左門町に帰ってから杢之助は木戸番小屋に閉じこもり、おもてに出ることができなかった。与市をまともに見ることができなかったのだ。

「さあ、杢之助さん。弥市ちゃん、出かけますよ」

おミネが木戸番小屋へ杢之助を呼びに来た。

木戸を開けたばかりの、まだ頼りない太陽の光がようやく街道に注ぎはじめた時分である。

「いや、儂は……」

李之助は言葉を濁した。おミネは解したか、二度は誘わなかった。昨夜、おミネが与市を〝これからが始まり〟と言ったとき、李之助は与市が寝ている奥の部屋に、ソッと寂しそうな視線を向けたのをおミネは知っている。かつて李之助は、

「——儂はなあ、親の顔も知らんのよ」

おミネに言ったことがある。

言葉を濁したものの、李之助はそのままつづけた。

「せめて、一坊を御箪笥町までつけてやったら」

「そう、そうね。そうする」

おミネはおもての居酒屋に戻った。

真吾が見送りのため来ていた。

「さあ与市、行ってこい。太一、きょうは手習い、休んでいいぞ」

「わあ、お師匠」

太一は喜んだが、

「どこへ？　どうして？」

与市はまだ不思議そうな顔をしている。

これから御箪笥町に行き、源造の許《もと》で奉行所の管轄下に入るのだ。おミネと志乃が御箪笥町までつき添い、板橋宿から引き取りの者が来るまで見届けるとは、昨夜清次の居酒屋で話し合ったことである。その間の居酒屋の手伝いは、栄屋が女中を一人だすことになっており、その女中はすでに来ていた。

「――大事な証人だ。板橋宿や八丁堀への連絡は心配するねえ」

源造は昨夜、御箪笥町の自身番で町役たちを前に杢之助へ言っていたのだ。

与市らが御箪笥町に入ったとき、すでに八丁堀から同心が捕方や小者を引き連れ、自身番を詰め所に使っていた。

その物々しさに与市は戸惑い、怯《おび》えたが、太一におミネと志乃がつき、さらに源造の女房もそこに加わった。同心に促され、死体の顔を見た与市が異常に怯えておミネにしがみついたことに源造は確信を感じ、さらに板橋宿から駈けつけた宿役人と大津茂屋の人足頭《かしら》が、昨夜できたばかりの死体に見覚えはなかったものの、きのう源造が内藤新宿から引き取って市ケ谷八幡町の無縁寺に預けていた死体《の》を検《み》たとき、

「おっ、この野郎！　半次じゃねえか」

人足頭が思わず叫んだのは、その日の太陽がまだ東の空にあるうちだった。八幡町が保管していた老女中の着物も、大津茂屋の女中のものと判明した。

さらに上野池之端《いけのはた》の自身番から、石神井川が不忍池にそそぎこむ箇所の棒杭に、土左衛門が引っかかり引き上げたとの連絡があり、新たに板橋宿から人が上野に走り、

「間違いありません。宿《しゅく》で、ときおり見かけた遊び人です」

と、証言したのは、午《ひる》過ぎのことである。

「どうです、旦那。あっしの目に狂いはありやせんでがしょ」

同心に源造は胸を張った。そこに語る仮説にはことごとく物的証拠がそろい、与市の証言とも符合するのだ。

三人の盗賊が大津茂屋に押し入り、そのうちの一人はかつて大津茂屋の人足でこの者が手引きをし、そのあとすぐ頭分《かしらぶん》が分け前のことで一人を殺して石神井川に投げ込み、さらに五十両を独《ひと》り占めにしようともう一人を内藤新宿で殺害した。

それだけではない。危うく虎口《ここう》を脱した四歳の与市は老女中に連れられ逃げたが市ケ谷で見つかり、賊どもは老女中の口を封じたものの与市を見失った。賊どもは〝迷子〟が四ツ谷左門町に保護されているとの噂を聞きつけ、探りを入れると間違いなく

与市であった。だが四ツ谷御簞笥町の岡っ引が引き取ったことも耳にした。そこで頭分の男は一人で御簞笥町に出向き、源造が助っ人に来ていた浪人の合力を得て返り討ちにした……と。

そこに杢之助の名が出てこない。町に雇われている木戸番人を岡っ引が勝手に使嗾《しそう》することはできないのだ。同心が裏を取ろうと左門町の居酒屋に行っても麦ヤ横丁の手習い処を訪ねても、さらに内藤新宿に問い合わせても、源造が言ったとおりの証言が得られるはずである。だが、その必要はない。犯人の死体が三体ともそろい、生き証人の与市もおり、居酒屋の志乃も来ておれば板橋宿からも人が来て相応の証言をしているのだ。

同心は御簞笥町の自身番の書役《かきやく》に源造の言ったとおりを書き留めさせ、町役たちは「間違いありませぬ」とお留書《とどめが》きに捺印した。その書面に〝木挽きの宗三〟の名はない。当然であった。知っているのは杢之助と清次だけなのだ。さらに事件の発端は江戸町奉行所にとっては支配地外のものであり、これ以上調べる必要はなかった。

板橋宿の宿役人が大八車と人数を手配し、大津茂屋の人足頭の差配で御簞笥町と八幡町、それに上野池之端から賊徒三人の死体を引き取ったのは、その日の太陽が西の空に、まだ高いうちであった。与市は宿役人が、犯人のふところにあった五十両とともに引き取り、板橋宿に連れて帰った。太一と志乃、おミネは市ケ谷まで見送った。与市は宿役人に手を引かれ、何度も振り返っては太一と手を振り合っていた。やがてその姿は見えなくなり、

「行っちゃったね」

太一が寂しそうにポツリと言った。おミネと志乃は無言だった。殺された与市の両親は、自分たちと年齢は近いはずである。

御箪笥町の自身番で、

「――大津茂屋の与市じゃないか！」

宿役人が声を上げ、

「――市坊！　無事だったか‼」

人足頭が叫んだとき、与市の表情にホッと安堵の色が浮かんだのが、せめて見送る側にとっては慰めとなっていた。

話は前後するが、宿役人から源造に、

――与市は五十両とともに大宮宿の母方の親戚に引き取られ、大津茂屋と同業の家にてご懸念なきよう

と、連絡があり、源造がすぐさまそれを左門町に伝えてきたのは、これより三日後

のことである。

だがいまはまだ、

（このさき、あの子は）

無言のおミネと志乃の脳裡を、回答のない懸念が渦巻いていた。

御箪笥町の自身番では、源造が太い眉毛をヒクヒクと動かしていた。

「源造、よくやった。四ツ谷だけでなく、市ケ谷もおまえに預けておくと安心だ。おまえに手札を渡した俺も鼻が高いぞ」

岡っ引が同心にかけられる言葉として、これほど誇らしいものはない。その同心が御箪笥町の留書きをふところに配下を連れ八丁堀に引き揚げたのは、そろそろ陽の沈みかけた時分であった。

自身番の部屋で、

「おーっ」

源造は手足を思いっきり伸ばし、音を立てて大の字になった。きょう一日奔走し疲れているが、ことさらに満足そうな表情であった。

「そっとしといてあげよう。ご新造さんが迎えに来なさろう」

町役たちは言っていた。死体を持ち込まれたものの、早い解決に町役たちは感謝し

ている。早くもその日の午過ぎには四ツ谷御門前一帯に、

「昨夜大捕り物があったそうな。見た者は多いらしいぞ」

「なんでも遠くで一家皆殺しにした盗賊を源造さんが四ツ谷におびき出し、助っ人のご浪人さんと一緒に退治しなさったとか」

噂はながれていた。御簞笥町の自身番に朝から八丁堀が乗り込み、詰所として慌しく人が出入りしていたのだから信憑性は高い。そこから死体が運び出されたとあってはなおさらだ。

夕刻近くには街道を経て左門町にもながれ、内藤新宿でも、

「四ツ谷で大捕り物が……」

すでに茶屋などで話題になっていた。

きょうも宿《しゅく》で触売の声をながしていた松次郎と竹五郎は左門町に帰ってくるなり、

「杢さん、聞いたぜ。四ツ谷の岡っ引といやあ源造じゃねえか。信じられねえよ」

「あしたまたあの界隈をながしてみらあ」

言っていた。

二人があした四ツ谷御門前の御簞笥町あたりをながせば、

「そのご浪人。榊原の旦那じゃねえのかい。よく知ってるぜ」

「えっ、知ってるの。ねえねえ、どんなお侍？　教えて、おしえてよ」

と、大もてにもてることだろう。もちろん、それは仕事にも結びつく。それとも源造につかまり、

「おう、おめえら。俺の下っ引になりゃあ、いい思いさせてやれるんだがよう」

「ケッ、相手をよく見てから言いやがれ。俺たちゃ堅気の職人だぜ」

松次郎がまた啖呵を切るかもしれない。

陽が落ち、志乃とおミネはいつもの仕事に戻り、

「おい、太一。包丁で指を切るなよ」

与市と過ごした三日間が去り、太一は虚脱感を覚えたまま菜を俎板《まないた》に載せ、清次に注意されていた。しかもきょうは、ことさら変化に富んだ一日だったのだ。

街道にはすでに酔客の小さな提燈がときおり揺れるばかりとなっている。杢之助はさきほど今夜一回目の火の用心に町内をまわり、提燈の火をふたたび油皿に移したばかりである。すり切れ畳の上に胡坐を組んだ。左門町の通りも長屋の路地も、すでに点いている灯りはなかった。あるのは、静寂と夜風ばかりである。

（木挽きの……）

思えてくる。

(なぜ遠くへ逃げなかった。子供を殺そうと追いかけるなんざ、非道が過ぎるぜ)

宗三への腹立たしさである。その子が左門町に逃げ込み、

(しかも志乃さんが……だから儂は……)

事件に巻き込まれたのである。

大きく息を吸い、ゆっくりと吐いた。油皿の炎が揺れた。

(因果よなあ。目に見えぬ糸が……一生、断ち切れねえ糸がよう)

そう思えば、宗三への恨みは薄らいだ。しかし、胸中に恨みは消えていない。それは、自分に向けられていたのだ。身にまた震えが起こる。

下駄の音が響いた。おミネである。

「杢さん」

疲れた声だった。顔にも疲労を滲ませたまま、太一を連れている。

「おう、一坊よ。きょうは大変だったなあ」

「うん」

まだ虚脱感が残っているようだ。

「でも、この子にはあたしがいるし、近所の人たちだって。それに、父親代わりだっ

て……」

「さあ、きょうはおミネさん疲れてるだろう。早く帰って休みなよ」

言いかけたおミネの言葉をさえぎるように杢之助は言った。

「そうね」

おミネは障子戸を閉めた。

（おミネさん、すまねえ）

杢之助は詫びた。

（一坊の父親代わりが元盗賊などと……そんなことが）

全身の血が瞬時、逆流するような感触に杢之助はまた身を震わせた。この左門町の木戸番小屋に住むようになってから、最も強くそれを感じたようだ。

おミネの足音が長屋のほうへ遠ざかってからだった。足音がなく、腰高障子も音がないまま開いた。

「杢之助さん。きょうはゆっくり一人でやっておくんなせえ」

清次が熱燗のチロリを提げ、三和土に立った。いつものように背後の障子戸は閉めなかった。チロリをすり切れ畳に置くと、

「あっしもきょうは、お邪魔しやせん」

清次は気を遣っている。いつものように上がり込めば、ますます杢之助に以前を思い出させることになるのだ。ただ、うしろ向きのまま敷居をまたぎかけた足をとめ、

「世のためでございまさあ。もしここで殺《や》っていなきゃあ、牧太も半次も木挽きの一家などと……」

三人は凶悪な盗賊団になっていたことだろう。清次は腰高障子をふたたび音もなく外から閉めた。木戸番小屋に、杢之助はまた一人となった。

呟いた。

「なぜなんだ。なんでおまえら、そんな道に……」

瞬時、心ノ臓が激しく打った。

『杢のおじちゃーん』

朝の声を、杢之助は無性に聞きたくなった。

（もっと、過ごさせてくだせえ……この木戸番小屋に、いつまでも）

胸中に念じた。

あとがき

最近よく見かける新聞の犯罪記事の中で、ネズミ講まがいの投資詐欺などがあってもそれほど腹が立たない。人を騙す魂胆には怒りを覚えるが、引っ掛かって首謀者を非難している人たちを見ると、むしろそのほうを嗤《わら》いたくなる。自分も濡れ手で泡をつかもうとしたのだから、自業自得であろう。しかし、まだ後を絶たない振り込め詐欺については、年配者の家族を思う心情を騙しの材料にするのだから、これには腹が立つ。この種の犯人たちには若い連中が多いようだが、その者たちの将来が憐れにも思えてくる。口先だけの演技が一回でも成功したなら、心理として地道に努力し汗して働くことがバカバカしくなりはしまいか。そこに陥《おちい》った者の将来は悲惨としか言いようがないだろう。昔から詐欺師や盗賊とは、そうした人種ではないかと思う。そして憤懣やる方ないほど腹が立つのは、家庭内の幼児虐待である。これなど親の資格がないと言うよりは、人間としての資格すらないと言う他はない。ちなみにわが世代が何人か集まり、いま最も楽しいものはと問えば、孫と一緒に回転寿司に行ったり動物園やテーマパークで一日たっぷり過ごすことと答え、これに勝る楽しみは他にないと満面笑みをたたえて語る人がけっこう多い。かくいう私もその一人だが、だからこそ逆のケースを見ると、ことさら憤《いきどお》りを感じてならないのだ。

冒頭から話は横道にそれてしまったが、そうした腹の立つ非人間的人間が存在するのは今日の世に限ったことではなく、各種犯罪と同様、人間社会が形成された大昔からあった。そこで本編は親の〝虐待〟ではないものの、幼児に関する迷子と捨子を題材として物語を構成した。もちろんこの二つは、根本の事情からまったく異なる。だから江戸時代では、親からはぐれた子、あるいは捨てられた子への社会の対処は同じだが、その元への対応は決定的に違った。

江戸時代、いずれかの町か村で親のつき添いがない幼児が泣いていたとしよう。当然誰かが保護する。そのとき三歳までなら捨子、四歳からは迷子とされ、五、六歳でも足に汚れがなく遠くから歩いてきたようすがない場合は捨子と見なされた。といっても、その幼児に対する処遇が異なるわけではない。さっそく町や村では疵《きず》や病気がないかしらべ、あれば相応の手当てをしてからお上に届け出るとともに、親が分かるまで町や村の費用と労力で養育せねばならず、いつまでも親元が分からない場合は、幾許《いくばく》かの添金《そえがね》をつけて里親を募ることになる。添金の額は町や村の財力によって異なったろうが、寛保元年（一七四一）の記録に「金二三両ヲ付ル故」というのが見られる。二両三両といえば、家族四、五人を養っている一人前の大工の一カ月分の稼ぎに相当する。したがって捨子や迷子を見つけた場合、その町や村にとっては一連の措置が重大問題となり、町役《ちょうやく》や村方三役などは日夜奔走することになる。お上もまた、それをただ村や町に命じるだけでなく、養育に関しては「甚《はなは》だ殊勝なり」として養育補助を意味する「御褒美」を出していた。この額も状況によって異なったろうが、町や村が拠出する添金と同じくらいだったのではないかと推測できる。

そこに犯罪が発生する。まず最も手近なのは、捨子や迷子を見つけた時、その後の面倒を嫌い、密かに他の町や村に捨てることである。その子は順送りに捨てられることになり、これが発覚すれば「手鎖《てぐさり》町内預け」の処罰が科せられた。だから捨子と判断された場合、役人が出てきて背景を調査していた。

ここで性質《たち》の悪いのが、添金や御褒美が出ることに目をつけ、親が誰かと組んで子を捨て、組んだ相手が見つけた振りをするか里親を申し出て、添金や御褒美を騙し取り、親と山分けする手法である。そして絶対に許せず、聞いただけで身の毛もよだつのが、迷子や捨子の噂を聞けば、里親を申し出て添金や御褒美をふところにし、そのあとその幼児を衰弱死させるか殺してしまう手合いである。公金詐取に幼児虐待プラス殺人だ。これらはいずれも「禽獣《きんじゅう》にも劣りたる者」として打首か磔《はりつけ》のうえ獄門(晒《さら》し首)となった。当然と言えるのではないか。

一方、子を捨てた親だが、罪には問われなかった。子を捨てるにはよほどの事情があったのだろうと、善意による情状酌量が認められていたと推測できる。

以上のことを踏まえ本編の物語は進行するわけだが、これまでと違って三、四話の各一話完結ではなく、全編を通じて一話とし、それを三部に分けた。

第一部「迷子札を握った子供」は、清次の居酒屋の路地に子供がうずくまっていたところから始まる。それが捨子か迷子かによって、左門町の環境は大きく変わる。杢之助はあくまで〝迷子〟として扱おうとするが、おなじ日に市ケ谷八幡町で老女中の死体が発見される。杢之助と清次はこの二つが一連のものであることに気づき、役人が左門町へ入る前に解決しようと奔走し、岡っ引の源造をうまく活用する策を講じることになる。

第二部「殺しは世のため」では、源造と連携の上で杢之助は事件が一連のものであるとの確証をつかむため板橋宿へ出向く。その過程で迷子でも捨子でもなかった背景が明らかとなり、それは杢之助にとって「許せない」内容のものであった。しかもその〝非道〟の首謀者が李之助と因縁のある人物であることも明らかになる。その仲間の一人と李之助は板橋宿で対面するが、そこで「許せない」事件を明らかにするための布石を打つことになる。

第三部「盗賊の因果」では、李之助はおびき寄せた首謀者と「目に見えぬ因果の糸」により奇妙な共同行動を取り、榊原真吾の援《たす》けを得て源造の玄関先で決着をつけることになる。一連の処理を清次は「世のため」というが、李之助が太一の朝の声を「無性に聞きたくなった」のは、この事件により、今後にますます油断が許されないことを思い知らされたためでもあった。

また、第一部で李之助と清次の過去に再度触れたが、本シリーズをお読みいただいている方には煩《わずら》わしかったのではないかと思う。今回は特にそこが重要な鍵となるため、敢えて触れた。これまでその他についても毎回おなじ説明があって煩わしいとのご指摘があったことは承知している。だが、初めて読んで下さる方のため、やはり説明の重複は避けられない。この点は今後ともどうか諒恕《りょうじょ》いただきたい。

平成二十一年　春

喜安 幸夫

特選時代小説

KOSAIDOBUNKO

木戸《きど》の非情仕置《ひじょうしおき》

大江戸番太郎事件帳《おおえどばんたろうじけんちょう》十四

2009年5月1日　第1版第1刷

著者

喜安幸夫《きやすゆきお》

発行者

矢次　敏

発行所

廣済堂あかつき株式会社

出版事業部

〒104-0061 東京都中央区銀座3-7-6

電話◆03-3538-7214［編集部］03-3538-7212［販売部］Fax◆03-3538-7223［販売部］

振替00180-0-164137　http://www.kosaidoakatsuki.jp

印刷所・製本所

株式会社廣済堂

ISBN978-4-331-61366-5 C0193